LES PARADIS ARTIFICIELS

CHARLES BAUDELAIRE

LES
PARADIS ARTIFICIELS

Chronologie et introduction
par
Marcel A. Ruff
doyen de la Faculté des Lettres
et Sciences humaines de Nice

GARNIER-FLAMMARION

CHRONOLOGIE

1711 (19 mars) : Naissance de Claude Baudelaire, grand-père du poète, à La Neuville-au-Pont (près de Sainte-Menehould).

1759 (7 juin) : Naissance de Joseph-François Baudelaire, père du poète, au même village. Élevé au séminaire il est sans doute ordonné prêtre. Répétiteur à Sainte-Barbe de 1783 à 1785, puis précepteur chez les Choiseul-Praslin. Par attachement à cette famille il refuse la cure de Donmartin-sous-Hans, canton de La Neuville-au-Pont, à laquelle il était élu le 9 mai 1791. De 1800 à 1814 il sert dans l'administration du Sénat où il devient en 1804 chef des bureaux de la préture. Le 7 mai 1797 il avait épousé Jeanne-Justine-Rosalie Janin qui lui donne un fils, Claude-Alphonse, le 18 janvier 1805.

1793 (27 septembre) : Naissance de Caroline-Archenbaut Defayis, mère du poète, à Londres. Devenue complètement orpheline à la mort de sa mère, le 23 novembre 1800, elle est recueillie par Pierre Pérignon, vieil ami de Joseph-François Baudelaire.

1819 (9 septembre) : Joseph-François Baudelaire, devenu veuf en 1814, épouse Caroline Defayis.

1821 (9 avril) : Naissance de Charles-Pierre Baudelaire, 13, rue Hautefeuille.

1822 : Publication de *Confessions of an English Opium-Eater*, par Thomas de Quincey (paru l'année précédente dans le *London Magazine*).

1827 (10 février) : Mort de Joseph-François Baudelaire.

Au cours des mois suivants, séjours de Charles avec sa mère à Neuilly, dans la « blanche maison, petite, mais tranquille ».

1828 (8 novembre) : Second mariage de Caroline avec le chef de bataillon Jacques Aupick, né en 1789, blessé à Fleurus le 16 juin 1815 après avoir fait campagne depuis 1808. Aupick était officier de la Légion d'honneur et, depuis une semaine, chevalier de Saint-Louis.

Publication de *L'Anglais mangeur d'opium*, adaptation de l'ouvrage de Thomas de Quincey par A. D.M. (Alfred de Musset).

1830 (novembre) : Lieutenant-colonel depuis le 2 octobre, Aupick rejoint Lyon pour la répression des troubles, sous les ordres du maréchal Soult. Nommé le 7 décembre 1831 chef d'état-major de la 7e division, il fait venir à Lyon sa femme et son beau-fils.

1832 : A Lyon, Charles est interne à la pension Delorme, puis à partir d'octobre 1833 au Collège royal.

1836 (9 janvier) : Aupick, colonel depuis 1834 et commandeur de la Légion d'honneur, est nommé chef d'état-major de la 1re division militaire à Paris. (1er mars) : Charles entre comme interne à Louis-le-Grand.

1838 : Pendant l'été Baudelaire fait avec son beau-père un voyage dans les Pyrénées qui lui inspire le poème *Incompatibilité*.

1839 (12 août) : Renvoyé du lycée en avril pour refus de dénoncer un camarade, Baudelaire est reçu au baccalauréat, après avoir obtenu les années précédentes plusieurs distinctions au Concours général, dont le 2e prix de vers latins en 1837.

1839-1841 : Baudelaire prend quelques inscriptions à la Faculté de droit et se lie à la pension Bailly avec Prarond, Le Vavasseur, Chennevières et rencontre Balzac, Gérard de Nerval, Delatouche.

1841 (9 juin) : Départ sur le *Paquebot-des-Mers-du-Sud* à destination de Calcutta, décidé par le ménage

Aupick afin de protéger Baudelaire contre « la perte des rues de Paris » et « pour rompre quelques relations mauvaises ».

(4 novembre) : Après un séjour à l'Ile-de-France (île Maurice), Baudelaire refusant d'aller plus loin se rembarque à l'île Bourbon (la Réunion).

1842 : Baudelaire, de retour en février ou mars, entre en possession de l'héritage paternel à sa majorité et s'installe en juin dans l'île Saint-Louis. Il va nouer ce que, dans une note autobiographique, il appellera ses « Secondes liaisons littéraires : Sainte-Beuve, Hugo, Gautier, Esquiros. »

Formation de « l'Ecole Normande » : Le Vavasseur, Prarond, Dozon, Chennevières, Baudelaire. Commencement de la liaison avec Jeanne Duval.

(11 novembre) : Aupick, général depuis 1839, est nommé commandant du département de la Seine et de la Place de Paris, logé à l'hôtel de la Place, place Vendôme.

1843 : Le recueil collectif *Vers*, auquel Baudelaire devait collaborer avec Prarond, Le Vavasseur et Dozon, paraît sans ses poèmes.

(mai) : Baudelaire s'installe dans un petit appartement sous les combles de l'hôtel Pimodan (baptisé hôtel de Lauzun vers 1850).

(10 juillet) : Gautier publie dans *La Presse* un feuilleton dont la fin est consacré au haschisch.

1843-1844 : Collaboration anonyme au *Tintamarre* et probablement aux *Mystères galants des théâtres de Paris*. Plusieurs textes refusés — dont sans doute *La Fanfarlo* — par divers périodiques.

1844 (21 septembre) : Baudelaire, qui a dépensé en deux ans la moitié de son patrimoine, est pourvu d'un conseil judiciaire, Me Ancelle, notaire de la famille, de qui il recevra désormais une mensualité de 150 à 200 francs.

1845 : Thomas de Quincey publie les *Suspiria de profundis*, complément des *Confessions d'un Anglais mangeur d'opium*.

Le peintre et musicien Fernand Boissard de Boisdenier vient occuper le premier étage de l'hôtel Pimodan et y donne des soirées où on s'initie parfois au haschisch (« club des hachichins »).

(24 mai) : Le *Salon de 1845* est enregistré à la *Bibliographie de la France*.

(25 mai) : *A une dame créole*, sonnet écrit à l'île Bourbon en 1841, paraît dans *L'Artiste* (c'est le premier poème de Baudelaire qui ait été imprimé).

(30 juin) : Tentative de suicide, suivie d'un séjour de plusieurs mois chez ses parents, place Vendôme. Vers la fin de l'année rupture définitive avec le général Aupick.

Regain d'activité littéraire de la part de Baudelaire, dont les articles, essais et poèmes vont se succéder dans les périodiques jusqu'en 1848.

(octobre) : Première annonce de la publication prochaine des *Lesbiennes*, par « Baudelaire-Dufays ».

1846 (21 janvier) : *Le Musée classique du Bazar Bonne-Nouvelle*, dans *Le Corsaire-Satan*.

(1er février) : Gautier publie, dans la *Revue des Deux Mondes, Le Club des Hachichins*.

(mai) : *Le Salon de 1846*.

1847 (janvier) : *La Fanfarlo* paraît dans le *Bulletin de la Société des Gens de lettres*.

(28 novembre) : Le général Aupick est nommé commandant de l'Ecole polytechnique.

(4 décembre) : Première mention du laudanum (et du vin) dans une lettre à sa mère : « Franchement, le laudanum et le vin sont de mauvaises ressources contre le chagrin. »

Date présumée de la lettre qui marquerait le commencement des relations avec l'actrice Marie Daubrun.

1848 (février) : Baudelaire combat aux côtés des révolutionnaires.

(février-mars) : Baudelaire fonde et rédige avec Champfleury et Toubin *Le Salut public* (2 numéros).

(10 avril-6 mai) : Baudelaire secrétaire de la rédaction de *La Tribune nationale*.

(13 avril) : Le général Aupick nommé ministre

plénipotentiaire de la République à Constantinople.
(juin) : Baudelaire prend part aux combats des
journées de juin.
(15 juillet) : Dans *La Liberté de penser*, publication
de la première traduction d'Edgar Poe par Baudelaire : *Révélation magnétique*.
(octobre) : Baudelaire rédacteur en chef éphémère
du *Représentant de l'Indre*, à Châteauroux.
(novembre) : *Le Vin de l'assassin* (inspiré de *Passereau, l'écolier*, dans *Champavert, contes immoraux*,
de Pétrus Borel) paraît dans *L'Echo des marchands
de vin*, qui annonce, du même auteur, *Les Limbes*,
à paraître en février 1849.
(8 décembre) : Baudelaire écrit à sa mère qu'il n'aime
Jeanne Duval « *depuis longtemps que par devoir*,
voilà tout ».

1849 (13 juillet) : Première mention de Wagner « que
l'avenir consacrera le plus illustre parmi les maîtres ».
(7 octobre) : Mort d'Edgar Allan Poe à Baltimore.
(décembre-janvier 1850) : Bref séjour à Dijon pour
des raisons non encore éclaircies.

1850 (juin) : *Le Vin des honnêtes gens* [*L'Ame du vin*]
dans *Le Magasin des familles*.

1851 (7, 8, 11, 12 mars) : *Du vin et du hachish (sic)*
dans *Le Messager de l'Assemblée*.
(18 juin) : Le général Aupick nommé ambassadeur
à Madrid.
(Fin août) : Notice sur *Pierre Dupont*.
(27 novembre) : *Les Drames et les romans honnêtes*
dans *La Semaine théâtrale*.
(2 décembre) : Coup d'Etat . Participation de Baudelaire aux combats de rues : « Ma fureur au coup
d'Etat. Combien j'ai essuyé de coups de fusil. »

1852 (22 janvier) : *L'Ecole païenne* dans *La Semaine
théâtrale*.
(mars et avril) : *Edgar Allan Poe, sa vie et ses
ouvrages* dans *La Revue de Paris*.
(9 décembre) : Première lettre à Mme Sabatier,
accompagnant le poème *A celle qui est trop gaie*.
Comme les suivantes cette lettre n'est pas signée :

« Les sentiments profonds ont une pudeur qui ne veut pas être violée. »

1853 (1er mars) : Traduction du *Corbeau* dans *L'Artiste*. (8 mars) : Le général Aupick nommé sénateur rentre en France et partage son temps entre Paris et Honfleur où il a acheté la « maison-joujou ».

1854 (28 janvier) : Lettre à l'acteur Tisserant pour lui exposer le plan d'un drame sur l'ivrognerie, tiré du *Vin de l'assassin*, c'est-à-dire de *Passereau, l'écolier* (voir plus haut), et, pour partie, du *Démon de la perversité* (par Edgar Poe) dont Baudelaire allait publier la traduction le 14 septembre dans *Le Pays*.

1855 (5 avril) : Baudelaire écrit à sa mère qu'il a été contraint de déménager six fois en un mois.
(7 avril) : Le titre des *Fleurs du mal* apparaît pour la première fois dans une lettre à Victor de Mars, secrétaire de la *Revue des Deux Mondes*.
(mai) : Dans *Fontainebleau — Hommage à Denecourt*, recueil collectif, les deux premiers poèmes en prose de Baudelaire, *Le Crépuscule du soir* et *La Solitude*, paraissent avec *Les Deux Crépuscules*, en vers (déjà publiés en 1852), le tout précédé d'une lettre à Fernand Desnoyers contre le culte de la nature, « Religion nouvelle qui aura toujours, ce me semble, pour tout être spirituel, je ne sais quoi de *shocking*. »
(1er juin) : Publication de 18 poèmes, sous le titre *Les Fleurs du mal*, dans la *Revue des Deux Mondes*.
(8 juillet) : *De l'essence du rire et généralement du comique dans les arts plastiques*, dans *Le Portefeuille*.
(12 août) : *L'Exposition universelle de 1855*, II, dans *Le Portefeuille*, la première et la troisième partie ayant paru dans *Le Pays* le 26 mai et le 3 juin.
En 1855 Baudelaire commence probablement à prendre des notes en vue d'un livre qui ne sera jamais écrit, notes dont la publication posthume a été faite en deux séries : *Fusées* et *Mon cœur mis à nu*, sous le titre global de *Journaux intimes*.

1856 (12 mars) : Mise en vente des *Histoires extraordinaires* (Michel Lévy, éd.), les contes ayant tous paru antérieurement sauf *Le Scarabée d'or*. Dans la préface, *Edgar Poe, sa vie et ses œuvres* (dont un fragment avait paru dans *Le Pays* du 25 février), il raconte, d'après un article de Willis, la mort de Poe, « vaincu par le *delirium tremens* » [peut-être provoqué par une intoxication perpétrée à des fins électorales...], et suggère « que dans beaucoup de cas, non pas certainement dans tous, l'ivrognerie de Poe était un moyen mnémonique, une méthode de travail, méthode énergique et mortelle, mais appropriée à sa nature passionnée. »

(11 septembre) : Baudelaire annonce à sa mère que Jeanne Duval a décidé, malgré sa résistance, de rompre leur liaison : « Je suis resté pendant dix jours sans sommeil, toujours avec des vomissements, et obligé de me cacher, parce que je pleurais toujours. » Il continuera à s'occuper d'elle jusqu'à sa mort, s'installera même momentanément avec elle, devenue infirme, en 1860, mais son rôle ne sera plus que celui « de papa et de tuteur » ou de « sœur de charité » (1859).

(30 décembre) : Traité avec Poulet-Malassis à qui Baudelaire vend *Les Fleurs du mal* et *Bric-à-brac esthétique* (la matière des *Curiosités esthétiques*).

1857 (8 mars) : Mise en vente des *Nouvelles histoires extraordinaires* (Michel Lévy) avec, en préface inédite, les *Notes nouvelles sur Edgar Poe*.

(28 avril) : Mort du général Aupick. Sa veuve va se retirer à Honfleur.

(25 juin) : Mise en vente des *Fleurs du mal*.

(20 août) : Pour délit d'outrages à la morale publique, Baudelaire est condamné à 300 francs d'amende. Le tribunal ordonne la suppression de six poèmes.

(24 août) : Publication de six poèmes en prose sous le titre collectif de *Poèmes nocturnes* dans *Le Présent*.

(30 août) : Mme Sabatier, à qui Baudelaire venait de dévoiler son anonymat, se donne à lui et reçoit le lendemain une lettre qui met fin à leur liaison (« il y a quelques jours, tu étais une divinité, ce qui est si commode, ce qui est si beau, si inviolable. Te voilà femme maintenant »), mais non à leurs relations amicales.

1858 (13 mai) : Mise en vente des *Aventures d'Arthur Gordon Pym*.

(30 septembre) : *De l'idéal artificiel — Le Haschisch*, dans la *Revue contemporaine*.

(octobre) : Bref séjour de Baudelaire à Honfleur.

1859 (janvier-mars, puis mai-juin et décembre) : séjours à Honfleur.

(10 et 20 juin, 10 et 20 juillet) : *Salon de 1859*, dans la *Revue française*.

(novembre) : Plaquette sur *Théophile Gautier* (texte paru le 13 mars dans *L'Artiste*).

(8 décembre) : Mort de Thomas de Quincey.

1860 (13 janvier) : Première crise (cérébrale ?), très brève.

(15 et 31 janvier) : *Enchantements et Tortures d'un mangeur d'opium* dans la *Revue contemporaine*.

(17 février) : Longue lettre à Wagner après audition de fragments du *Vaisseau fantôme*, de *Tannhäuser* et de *Lohengrin*.

(fin mai) : Mise en vente des *Paradis artificiels* dédiés à une femme, J.G.F. qu'on n'a pas jusqu'à présent identifiée avec certitude.

(15 novembre) : Baudelaire reçoit du ministre de l'Instruction publique une « indemnité littéraire » de 500 francs pour *Les Fleurs du mal*.

1861 (début de février) : Mise en vente de la seconde édition des *Fleurs du mal*.

(1er avril) : Article sur *Richard Wagner* dans la *Revue européenne*.

(4 mai) : *Richard Wagner et Tannhäuser à Paris*, plaquette publiée chez Dentu.

(15 novembre) : Baudelaire pose sa candidature à l'Académie française.

1862 (23 janvier) : Alerte grave de Baudelaire qui a senti passer sur lui « le vent de l'aile de l'imbécillité ».

(10 février) : Baudelaire se désiste de sa candidature à l'Académie, malgré un article assez favorable de Sainte-Beuve à ce sujet.

(14 avril) : Mort de Claude-Alphonse Baudelaire (hémorragie cérébrale avec hémiplégie).

(2 août) : Publication du tome IV des *Poètes français*, anthologie dirigée par Eugène Crépet, qui contient sept poèmes de Baudelaire, précédés d'une notice par Théophile Gautier, ainsi que sept notices par Baudelaire sur quelques-uns des poètes les plus importants de l'époque, Victor Hugo, Th. Gautier, Th. de Banville, M. Desbordes-Valmore.

(26 et 27 août) : Quatorze *Petits poèmes en prose*, précédés de la *Dédicace* à Arsène Houssaye, dans *La Presse*. Les six suivants paraissent dans *La Presse* du 24 septembre.

(12 novembre) : Poulet-Malassis est arrêté sur la plainte d'un de ses créanciers et incarcéré.

1863 (7 juillet) : Baudelaire exprime pour la première fois son désir de quitter la France : « Je suis très las de la France et je désire l'oublier pendant quelque temps. »

(septembre) : Poulet-Malassis, condamné à un mois de prison le 22 avril, gagne la Belgique pour y vivre de publications plus ou moins clandestines.

(1er novembre) : Baudelaire cède à Michel Lévy, pour 2 000 francs, la propriété de 5 volumes de traductions (dont deux sont encore à paraître).

(fin novembre) : Mise en vente d'*Eurêka* (précédé d'un extrait de la notice de Griswold).

(26 et 28 novembre, 3 décembre) : *Le Peintre de la vie moderne* paraît dans *Le Figaro*.

1864 (7 février) : Quatre petits poèmes en prose, dont *Enivrez-vous*, dans *Le Figaro*, sous le titre collectif : *Le Spleen de Paris*.

(24 avril): Baudelaire arrive à Bruxelles (Hôtel du Grand Miroir), où, après avoir formé divers projets pour l'utilisation de ce voyage, il s'est finalement engagé à faire une série de conférences.

(mai-juin) : Cinq conférences de Baudelaire, dont trois sur les excitants *(Paradis artificiels)*. Echec dans l'ensemble, ainsi que pour la vente de ses œuvres littéraires, pour lesquelles il n'a plus d'éditeur. Baudelaire, aigri et malade, commence à prendre des notes en vue d'un ouvrage satirique sur, ou plutôt *contre* la Belgique.

(21 décembre) : Dans la *Revue de Paris*, six poèmes en prose.

1865 (16 mars) : Mise en vente des *Histoires grotesques et sérieuses*.

(juillet) : Graves difficultés financières de Baudelaire, débiteur de Poulet-Malassis, et qui, de plus, a vendu à Hetzel des œuvres déjà cédées à Poulet-Malassis. Celui-ci est désintéressé par les soins d'Ancelle, Hetzel ne récupérera une partie de la somme versée qu'après la mort de Baudelaire.

(16 et 20 novembre, 23 décembre) : Trois articles très élogieux sur Baudelaire, dans *L'Art*, par le jeune Verlaine (21 ans).

1866 (Fin de février) : Publication des *Epaves* (23 poèmes), par Poulet-Malassis, à Amsterdam (Bruxelles).

Vers le 15 mars Baudelaire, frappé d'une attaque, fait une chute dans l'église Saint-Loup de Namur, qu'il visite avec Félicien Rops.

(30 mars) : Baudelaire, qui a été ramené à Bruxelles, est atteint d'hémiplégie, avec aphasie et ramollissement cérébral.

(31 mars) : Publication, dans *Le Parnasse contemporain*, des *Nouvelles Fleurs du mal*, dont Baudelaire avait encore corrigé plusieurs erreurs typographiques la veille même de l'accident final.

(2 juillet) : Après avoir été soigné à son hôtel et à l'Institut Saint-Jean-et-Sainte-Elisabeth, Baudelaire, auprès de qui sa mère était venue s'installer, est ramené à Paris et entre le 4 à la maison de santé du docteur Duval, près de l'Etoile.

1867 (31 août) : Mort de Baudelaire, enseveli le 2 septembre au cimetière Montparnasse.

(4 décembre) : Vente aux enchères, en étude notariale, de la propriété littéraire des œuvres de Baudelaire. Sur mise à prix de 1 000 francs, elle est adjugée pour 1 750 francs à Michel Lévy, seul enchérisseur. La publication en sept volumes commence à la fin de 1868 et se termine en mai 1870.

1871 (16 août) : Mort de Mme Aupick à Honfleur.

INTRODUCTION

Si l'on en croit Prarond, c'est vers 1843 que Baudelaire aurait composé *L'Ame du vin, Le Vin des chiffonniers* et *Le Vin de l'assassin*. Sans le savoir, il exauçait là un vœu que Barbey d'Aurevilly avait formulé pour son propre compte, quelques années plus tôt, dans une note de son *Premier Memorandum :* « Si j'étais poète, je ferais une ode à l'alcool, ce feu de Prométhée qui nous coule la vie dans notre misérable et flasque argile. » Ces poèmes, complétés dans l'édition de 1857 des *Fleurs du mal* par *Le Vin du solitaire* et *Le Vin des amants,* sont la première expression de l'intérêt porté par Baudelaire à ce qu'il devait plus tard appeler *Les Paradis artificiels.*

Dans l'ouvrage qui porte ce titre il fait une allusion transparente à son propre personnage et dans le portrait qu'il en trace il n'omet pas de mentionner « le goût de la métaphysique, la connaissance des différentes hypothèses de la philosophie sur la destinée humaine ». Les poèmes du *Vin* n'ont donc rien de commun avec les chansons bachiques, nul ne s'en étonnera. Ils contiennent déjà une philosophie de l'ivresse. Le vin y est célébré pour son rôle social,

« *Son* chant plein de lumière et de fraternité. »

Il arrache les malheureux à leur misère, il crée pour eux un univers de bonheur et de gloire. Il est même générateur de poésie et c'est aussi grâce à lui que les amants peuvent partir

« Pour un ciel féerique et divin! »

Ces considérations seraient assez banales, malgré

la splendeur de l'expression, si « le goût de la métaphysique » ne s'y laissait entrevoir, à vrai dire sous
une forme ambiguë et incertaine, ainsi qu'en témoignent
les variantes ou « repentirs » des versions successives.
Tantôt le vin est considéré comme un don de Dieu,
   « Grain précieux jeté par l'éternel Semeur »
et qui mérite la reconnaissance de l'homme. Tantôt,
comme dans la deuxième version du *Vin des chiffonniers*, il devient une invention de l'homme qui répare
ainsi une erreur ou une omission de Dieu. Dans
Le Vin du solitaire il exerce une action presque diabolique
« Qui nous rend triomphants et semblables aux Dieux »
dit le poète en un vers qui paraphrase la parole
même du serpent : *Eritis sicut dii.*

   L'incohérence de ces jugements, combinée avec la
vigueur de l'inspiration, montre que le phénomène
de l'ivresse pose à Baudelaire des questions dont il a
saisi toute la portée, mais auxquelles il n'est pas
encore assuré d'avoir trouvé des réponses définitives.

   La période qui va de la République de 1848 au
coup d'État du 2 décembre est pour lui, on le sait,
celle où il va le plus loin dans l'engagement politique
et social. Dans ses dispositions humanitaires le vin
lui apparaît alors comme un moyen légitime d'alléger
la misère du peuple. Après avoir donné en 1848
Le Vin de l'assassin à *L'Echo des marchands de vin*
(publicité de valeur douteuse pour cette honorable
corporation) et en 1850 *Le Vin des honnêtes gens*
(titre significatif alors attribué à *L'Ame du vin*) au
Magasin des familles, il publie en mars 1851 dans
Le Messager de l'Assemblée son essai *Du vin et du
hachisch comparés comme moyens de multiplication
de l'individualité.*

   Ici intervient un élément nouveau et bien différent :
le haschisch. La pratique des stupéfiants, qu'on appelait alors les excitants, et qui méritent les deux noms
selon l'usage qu'on en fait et le moment où on en
observe les effets, ne s'est répandue en Occident qu'à
une époque relativement récente. Cependant Sénan-
cour, dans ses *Rêveries sur la nature primitive de*

l'homme (dont la première édition complète est de 1800), en parle déjà avec quelque connaissance du sujet : « L'opium dans l'Orient, le bétel vers le Gange, le coca dans les mines du Potose; le tabac, le café, les liqueurs spiritueuses chez tous les peuples ont produit des goûts qui ne périront point, quoiqu'ils ne soient pas fondés sur des besoins absolus. » Il a même apparemment observé le double résultat de leur usage : « Le premier degré est celui du bien-être, le second celui de la joie; viennent ensuite l'oubli, l'égarement, la fatigue et la destruction. » Aussi est-on surpris de la pauvreté de la documentation recueillie par Balzac dans son *Traité des excitants modernes* en 1838. Les « cinq substances » qu'il présente sont l'eau-de-vie, le sucre (?), le thé, le café et le tabac, et ce qu'il en dit ne va pas très loin. Seul intérêt de ce morceau de littérature probablement alimentaire : le récit d'une soirée au théâtre en état d'ivresse, récit brillant dont Baudelaire s'est peut-être souvenu en écrivant celui qu'il attribue à un « littérateur » sous l'effet du haschisch, tandis que dans le *Traité* de Balzac il s'agit de vins ingurgités en quantité considérable (on sait que Balzac possédait à cet égard une capacité exceptionnelle).

S'il y a dans son énumération des lacunes qu'on s'explique difficilement, notamment celle de l'opium, il ne faut pas trop s'étonner que le haschisch n'y soit pas nommé. Quelques savants s'étaient intéressés à la *Cannabis indica*, depuis le docteur Virey qui, dans son mémoire publié par le *Bulletin de pharmacie* en 1803, identifiait cette variété de chanvre avec le népenthès d'Homère. Sylvestre de Sacy en 1809 avait montré que la secte dite des Assassins, dont les chefs sont restés célèbres sous le titre de « Vieux de la Montagne », dérivait son nom des *Haschischins*. Mais en 1845 le docteur Moreau (de Tours) pouvait écrire, dans les premières lignes de son traité *Du hachisch et de l'aliénation mentale :* « C'est tout au plus si le hachisch est connu, même de nom, dans le monde médical. »

Ce docteur Moreau (sévèrement jugé par Baudelaire

dans la note finale de l'essai de 1851) paraît bien être à l'origine des expériences qui ont initié le poète des *Fleurs du mal* à la pratique de la drogue. C'est certainement lui qui est désigné par Théophile Gautier dans son article de *La Presse* du 10 juillet 1843 : « L'un de nos compagnons, le docteur..., qui a fait de longs voyages en Orient, et qui est un déterminé mangeur de hachich »... Lorsque le peintre Fernand Boissard, succédant à Roger de Beauvoir, s'installe en 1845 à l'étage noble de l'hôtel Pimodan (où Baudelaire avait occupé un appartement mansardé pendant les deux années précédentes), c'est encore « sous les auspices » de ce même docteur qu'il réunit dans ses salons le groupe d'écrivains et d'artistes connu grâce à Gautier sous le nom de *Club des hachichins* [1] (l'incertitude de l'orthographe s'explique par l'introduction récente de la chose et du mot). Ce prétendu Club ne ressemblait nullement à une fumerie de toxicomanes. La plupart des invités ne venaient là que pour se retrouver entre eux, le haschisch n'étant qu'un des divertissements qui leur étaient offerts. Certains d'entre eux se contentaient d'observer, tel Balzac selon Baudelaire, et Baudelaire lui-même selon Gautier. Cependant Balzac, dans une longue lettre à Mme Hanska (17-28 décembre 1845) affirme y avoir goûté et en avoir ressenti quelques effets, affaiblis en raison de la puissance de son cerveau... Peut-être se vante-t-il. Quant à Baudelaire, il paraît hors de doute qu'il a expérimenté sur lui-même l'action du haschisch. D'après un témoignage, peu sûr, il est vrai, ses premiers essais auraient été tentés, quelques années plus tôt, dans le grenier de Louis Ménard, place de la Sorbonne. Quoi qu'il en soit, il s'agit seulement d'expériences peu nombreuses et conduites avec prudence.

Baudelaire usait-il de vin plus généreusement ? Sa préférence pour le bourgogne est le sujet d'une anecdote souvent citée, mais qui, même si elle est

---

1. *Le Club des hachichins*, « Revue des Deux Mondes », 1er février 1846. Cet article fut repris par Gautier en 1851 dans son roman *Partie carrée*, puis en 1863 dans son volume *Romans et Contes* publié chez Charpentier.

exacte, ne nous rapporte qu'une de ces répliques dont il aimait à étonner ses interlocuteurs. Si douloureux que ce soit pour les fabricants et amateurs de légendes, il faut bien se rendre au témoignage de ses familiers : « Il était naturellement sobre. Nous avons souvent bu ensemble. Je ne l'ai jamais vu gris ni lui moi », écrit Le Vavasseur. Schanne, le Schaunard de Murger, qui l'a bien connu à cette époque, assure qu'il « buvait en artiste et ne se grisait jamais ». Nadar, l'un de ses amis les plus fidèles et les plus intimes, de 1843 jusqu'à sa mort, est encore plus affirmatif : « Jamais, de tout le temps que je l'ai connu, je ne l'ai vu vider une demi-bouteille de vin pur. »

L'essai de Baudelaire ne ressemble donc pas aux articles de Gautier, récits présentés sous forme de souvenirs personnels en même temps qu'exercices de virtuosité littéraire. Le titre même de cet essai, par son pédantisme voulu, attire l'attention sur la portée philosophique que l'auteur entend lui donner. En fait la philosophie se limite ici à la morale, et même à la morale sociale. Pour le vin il reprend les thèmes principaux des poèmes qu'il lui avait consacrés. *L'Ame du vin*, qui en est encore à son premier titre, *Le Vin des honnêtes gens* et *Le Vin des chiffonniers* y sont même transposés directement en poèmes en prose, selon une technique déjà essayée dans *La Fanfarlo*, mais qui ne recevra sa consécration officielle qu'avec *Le Crépuscule du soir* et *La Solitude* dans le recueil *Fontainebleau* de 1855.

Il semble que Baudelaire insiste surtout sur les bienfaits du vin, voire de l'ivresse : « Beaucoup de gens me trouveront sans doute bien indulgent : Vous innocentez l'ivrognerie, vous idéalisez la « crapule ». J'avoue que devant les bienfaits je n'ai pas le courage de compter les griefs. » Cette indulgence reçoit son explication à la fin, avec la condamnation sévère du haschisch. Si le vin et le haschisch ont en commun « le développement poétique excessif de l'homme », ils ont d'autres effets bien différents : « Le vin exalte la volonté, le hachish l'annihile. » En 1851 Baudelaire est surtout frappé par l'aspect social de la question. « Le vin rend bon et sociable. Le hachish est isolant... Enfin le vin est pour le peuple qui travaille et qui mérite d'en boire. Le hachish appartient à la classe des joies solitaires. Il est fait pour les misérables oisifs. » Tout le paragraphe insiste dans le même sens, et il constitue la conclusion sur le sujet spécifique. La dernière partie, très brève, contient, empruntée à Barberaux [1], « théoricien musical » pour qui Baudelaire professe ici une grande estime, une condamnation générale de tous les « moyens artificiels » dont l'homme se sert « pour arriver à la béatitude poétique, puisque l'enthousiasme et la volonté suffisent pour l'élever à une existence supra-naturelle. »

Ces conclusions contiennent en germe certains des développements qu'on trouve dans *Le Poème du haschisch*, publié d'abord en 1858 dans la *Revue contemporaine et Athenæum français*, sous le titre *De l'idéal artificiel — Le Haschisch*, puis dans *Les Paradis artificiels* de 1860. Théophile Gautier assure que ces derniers mots servaient d'enseigne à un atelier de fleurs artificielles, sur la route de Neuilly. Comme Baudelaire se rendait assez souvent à Neuilly chez le notaire Ancelle, son conseil judiciaire, il est possible que son titre, qui a fait fortune, n'ait pas d'autre origine.

Le Poème du haschisch est bien différent de l'essai antérieur. Celui-ci restait sur le plan humain et social. L'autre, qui est d'une qualité littéraire très supérieure, aborde le sujet sous l'angle métaphysique. *Le Goût de l'infini*, qui en constitue la première partie — originairement séparée de la suite comme une introduction — nous montre d'emblée la direction prise par Baudelaire. Il avait bien écrit déjà dans son essai de 1851 que l'homme « aspire toujours à réchauffer ses espérances et à s'élever vers l'infini ». Mais le mot était jeté là comme en passant et sans s'y arrêter. Il devient maintenant le point de départ d'une magnifique méditation.

---

1. Le nom est orthographié Barbereau dans le texte de Baudelaire.

La pratique des excitants y est, dès les premières pages, présentée comme un des moyens employés par l'homme pour « fuir, ne fût-ce que pour quelques heures, son habitacle de fange », et, comme dit l'auteur de *Lazare* [Auguste Barbier] : « d'emporter le Paradis d'un seul coup. » Cet angélisme est pour Baudelaire l'origine de tous les vices : « C'est dans cette dépravation du sens de l'infini que gît, selon moi, la raison de tous les excès coupables ...» On reconnaît ici la « philosophie » des *Fleurs du mal* qu'un critique contemporain déclarait, non sans raison, être contenue dans *Les Paradis artificiels*. Elle est indiquée assez clairement dans les trois dernières strophes des *Phares* et tout à fait explicite dans les deux *Femmes damnées*, « chercheuses d'infini ».

Non content de fournir cette explication, qui contient déjà un jugement, Baudelaire a tenu à conclure son « Poème » par une *Morale* extrêmement sévère dont il n'est pas abusif de dire qu'elle présente un caractère religieux, puisqu'elle s'appuie sur l'Eglise qui « ne considère comme légitimes, comme vrais, que les trésors gagnés par la bonne intention assidue ». Flaubert ne s'y est pas trompé, qui s'étonne de tant de références à l'*Esprit du mal :* « On sent comme un levain de catholicisme çà et là. » On connaît la réponse de Baudelaire : « J'ai été frappé de votre observation, et, étant descendu très sévèrement dans le souvenir de mes rêveries, je me suis aperçu que, de tout temps, j'ai été obsédé par l'impossibilité de me rendre compte de certaines actions ou pensées soudaines de l'homme, sans l'hypothèse de l'intervention d'une force méchante, extérieure à lui. Voilà un gros aveu dont tout le XIXe siècle conjuré ne me fera pas rougir. »

En revanche, les considérations sociales ont disparu. Alors qu'en 1851 il trouvait de « l'hypersublime » dans une scène d'ivrogne traîné sur le pavé, il condamne maintenant, tout autant que « l'ivresse solitaire et concentrée du littérateur », « l'ivrognerie la plus répugnante des faubourgs, qui, le cerveau plein de flamme et de gloire [allusion directe au *Vin des chiffonniers*], se roule ridiculement dans les ordures de la route ».

Baudelaire en effet, comme la plupart des romantiques, cède volontiers à la tentation de l'angélisme et voudrait alors sortir
« D'un monde où l'action n'est pas la sœur du rêve. » Dans ces moments l'ivresse lui apparaît comme un moyen d'évasion légitime, ou tout au moins excusable. Cependant il y a aussi en lui, et de plus en plus à partir de 1855, le sentiment que le refus de notre destin constitue la faute la plus grave. Rappelant ici l'exemple de Melmoth, le héros du roman alors célèbre de l'Irlandais Maturin, il prononce un jugement qui tombe comme un couperet : « Tout homme qui n'accepte pas les conditions de la vie, vend son âme. »

Cet homme renonce aussi à sa liberté morale, attribut auquel Baudelaire a toujours attaché le plus haut prix. C'est sa perte qui avait provoqué sa protestation la plus véhémente lorsqu'il avait été pourvu d'un conseil judiciaire en 1844 : « Je repousse avec fureur tout ce qui est attentatoire à ma liberté. » Il pousse très loin cet amour ou plutôt ce respect de la liberté, puisque dans ses *Journaux intimes*, plaidant en faveur de la peine de mort, « résultat d'une idée mystique », il ajoute : « Pour que le sacrifice soit parfait, il faut qu'il y ait assentiment et joie, de la part de la victime. Donner du chloroforme à un condamné à mort serait une impiété, car ce serait lui enlever la conscience de sa grandeur comme victime et lui supprimer les chances de gagner le Paradis. »

Est-il besoin de remarquer que les conditions posées par Baudelaire à l'exécution se rencontrent fort rarement et qu'il est peu sérieux de le compter, comme on le fait parfois, parmi les partisans de la peine de mort telle qu'elle est généralement appliquée ?

Nous retrouvons dans *Les Paradis artificiels* une déclaration assez voisine qui frappe aussi d'une « flétrissure morale » le chloroforme et « toutes les inventions modernes qui tendent à diminuer la liberté humaine et l'indispensable douleur ». Baudelaire n'en reconnaît pas moins « les admirables services qu'ont rendus l'éther et le chloroforme ». Il faut bien comprendre qu'il se place ici « au point de vue de la philosophie spiritualiste » et non pas de l'application pratique. Sinon le lecteur se met au niveau d'Ernest Feydeau qui, sur son exemplaire, notait en marge de ce paragraphe : « Je voudrais savoir si Baudelaire a jamais été affligé *d'une rage de dents ?* »

La deuxième partie du livre, *Un Mangeur d'opium*, réclame moins de commentaires. Elle n'est qu'une présentation et traduction des principaux passages d'un des plus délicats chefs-d'œuvre de la prose anglaise : les *Confessions d'un Anglais mangeur d'opium*, par Thomas de Quincey, parues en 1821 dans le *London Magazine* et complétées en 1845 par les *Suspiria de profundis*. On sait qu'Alfred de Musset avait publié déjà en 1828 une traduction ou plutôt une adaptation du premier ouvrage, signée A.D.M., et, s'il est à peu près avéré que Baudelaire a connu ce travail de jeunesse, il n'est pas sûr qu'il en ait identifié l'auteur.

Le « découpage » et le « montage » du texte original, pour employer le vocabulaire du cinéma, sont de tout point admirables, mais il faut reconnaître qu'ici Baudelaire, tout en déployant son talent d'artiste, nous livre fort peu de lui-même et se met entièrement au service de l'œuvre dont il s'est fait l'introducteur. Tout au plus laisse-t-il échapper quelques réflexions personnelles dans le court chapitre du *Génie enfant* où il reprend une idée qui lui est familière en écrivant « que le génie n'est que l'enfance nettement formulée, douée maintenant, pour s'exprimer, d'organes virils et puissants ».

On peut s'étonner qu'il ne fasse pas d'allusion directe à sa propre expérience de l'opium. Cette expérience est pourtant beaucoup plus riche que celle du haschisch et, dans son origine, ressemble singulièrement à celle de l'écrivain anglais. C'est en effet, comme Thomas de Quincey, par l'emploi thérapeutique du laudanum que Baudelaire a connu l'opium. Comme il en faisait un usage constant, pour calmer ses douleurs d'estomac, il avait dû en augmenter progressivement les doses jusqu'à en absorber cent cinquante gouttes en un jour, ce qui a certainement contribué à ébranler

son équilibre nerveux. Cependant, à la différence de
Quincey, il ne semble pas que Baudelaire ait jamais
usé de l'opium pur et qu'il en ait connu les enchantements et les tortures. Aussi laisse-t-il presque constamment la parole à son auteur, se contentant de résumer
les passages qu'il a supprimés, sans intervenir en son
propre nom. Il ne dit que la vérité, en 1864, dans
l'exorde de sa conférence qui introduisait une lecture
des principaux passages des *Paradis artificiels :* « J'ai
fait un tel amalgame que je ne saurais y reconnaître
la part qui vient de moi, laquelle, d'ailleurs, ne peut
être que fort petite. »

Dans ce même exorde il dégage aussi la signification
du livre tout entier : « Je veux faire un livre non pas de
pure physiologie, mais surtout de morale. » Cette
prétention est assez souvent contestée. Il est possible
que la beauté poétique des visions évoquées par Baudelaire produise chez certains lecteurs une tentation
dangereuse s'ils restent insensibles à ses arguments
purement spiritualistes. Pour lui-même il est incon-
testable qu'il a exploité le thème en artiste en y appliquant toutes les ressources de son talent, mais sa
conviction profonde est d'une sincérité que confirme
l'ensemble de son œuvre. Là comme ailleurs nous
reconnaissons sa préoccupation, — mieux vaudrait
dire son obsession du salut, quel que soit le contenu,
probablement variable, dont il charge ce mot. La
morale de son livre, qui lui tient tant à cœur, c'est
celle qui se résume en ce cri : « Qu'est-ce qu'un paradis
qu'on achète au prix de son salut éternel ? »

Marcel A. RUFF.

LES PARADIS ARTIFICIELS

A

J. G. F.

Ma chère amie,

Le bon sens nous dit que les choses de la terre
n'existent que bien peu, et que la vraie réalité n'est
que dans les rêves. Pour digérer le bonheur naturel,
comme l'artificiel, il faut d'abord avoir le courage de
l'avaler, et ceux qui mériteraient peut-être le bonheur
sont justement ceux-là à qui la félicité, telle que la
conçoivent les mortels, a toujours fait l'effet d'un
vomitif.

A des esprits niais il paraîtra singulier, et même
impertinent, qu'un tableau de voluptés artificielles
soit dédié à une femme, source la plus ordinaire des
voluptés les plus naturelles. Toutefois il est évident que
comme le monde naturel pénètre dans le spirituel, lui
sert de pâture, et concourt ainsi à opérer cet amalgame
indéfinissable que nous nommons notre individualité,
la femme est l'être qui projette la plus grande ombre
ou la plus grande lumière dans nos rêves. La femme
est fatalement suggestive; elle vit d'une autre vie que
la sienne propre; elle vit spirituellement dans les
imaginations qu'elle hante et qu'elle féconde.

Il importe d'ailleurs fort peu que la raison de cette
dédicace soit comprise. Est-il même bien nécessaire,
pour le contentement de l'auteur, qu'un livre quelconque soit compris, excepté de celui ou de celle pour
qui il a été composé? Pour tout dire enfin, indispensable qu'il ait été écrit pour *quelqu'un* ? J'ai, quant à
moi, si peu de goût pour le monde vivant que, pareil

à ces femmes sensibles et désœuvrées qui envoient, dit-on, par la poste leurs confidences à des amis imaginaires, volontiers je n'écrirais que pour les morts.

Mais ce n'est pas à une morte que je dédie ce petit livre; c'est à une qui, quoique malade, est toujours active et vivante en moi, et qui tourne maintenant tous ses regards vers le Ciel, ce lieu de toutes les transfigurations. Car, tout aussi bien que d'une drogue redoutable, l'être humain jouit de ce privilège de pouvoir tirer des jouissances nouvelles et subtiles même de la douleur, de la catastrophe et de la fatalité.

Tu verras dans ce tableau un promeneur sombre et solitaire, plongé dans le flot mouvant des multitudes, et envoyant son cœur et sa pensée à une Electre lointaine qui essuyait naguère son front baigné de sueur et *rafraîchissait ses lèvres parcheminées par la fièvre;* et tu devineras la gratitude d'un autre Oreste dont tu as souvent surveillé les cauchemars, et de qui tu dissipais, d'une main légère et maternelle, le sommeil épouvantable.

C. B.

LE POÈME DU HASCHISCH

I

LE GOUT DE L'INFINI

Ceux qui savent s'observer eux-mêmes et qui gardent la mémoire de leurs impressions, ceux-là qui ont su, comme Hoffmann, construire leur baromètre spirituel, ont eu parfois à noter, dans l'observatoire de leur pensée, de belles saisons, d'heureuses journées, de délicieuses minutes. Il est des jours où l'homme s'éveille avec un génie jeune et vigoureux. Ses paupières à peine déchargées du sommeil qui les scellait, le monde extérieur s'offre à lui avec un relief puissant, une netteté de contours, une richesse de couleurs admirables. Le monde moral ouvre ses vastes perspectives, pleines de clartés nouvelles. L'homme gratifié de cette béatitude, malheureusement rare et passagère, se sent à la fois plus artiste et plus juste, plus noble, pour tout dire en un mot. Mais ce qu'il y a de plus singulier dans cet état exceptionnel de l'esprit et des sens, que je puis sans exagération appeler paradisiaque, si je le compare aux lourdes ténèbres de l'existence commune et journalière, c'est qu'il n'a été créé par aucune cause bien visible et facile à définir. Est-il le résultat d'une bonne hygiène et d'un régime de sage? Telle est la première explication qui s'offre à l'esprit; mais nous sommes obligés de reconnaître que souvent cette merveille, cette espèce de prodige, se produit comme si elle était l'effet d'une puissance supérieure et invisible, extérieure à l'homme, après une période où celui-ci a fait abus de ses facultés physiques. Dirons-nous qu'elle est la récompense de la prière assidue et des ardeurs spirituelles? Il est certain qu'une élévation constante du désir, une tension des forces spirituelles vers le ciel, serait le régime le plus propre à créer cette santé morale, si éclatante et si glorieuse; mais en vertu de quelle loi absurde se manifeste-t-elle parfois après de coupables orgies de l'imagination, après un abus sophistique de la raison, qui est à son usage honnête et raisonnable ce que les tours de dislocation sont à la saine gymnastique? C'est pourquoi je préfère considérer cette condition anormale de l'esprit comme une véritable grâce, comme un miroir magique où l'homme est invité à se voir en beau, c'est-à-dire tel qu'il devrait et pourrait être; une espèce d'excitation angélique, un rappel à l'ordre sous une forme complimenteuse. De même une certaine école spiritualiste, qui a ses représentants en Angleterre et en Amérique, considère les phénomènes surnaturels, tels que les apparitions de fantômes, les revenants, etc., comme des manifestations de la volonté divine, attentive à réveiller dans l'esprit de l'homme le souvenir des réalités invisibles.

D'ailleurs cet état charmant et singulier, où toutes les forces s'équilibrent, où l'imagination, quoique merveilleusement puissante, n'entraîne pas à sa suite le sens moral dans de périlleuses aventures, où une sensibilité exquise n'est plus torturée par des nerfs malades, ces conseillers ordinaires du crime ou du désespoir, cet état merveilleux, dis-je, n'a pas de symptômes avant-coureurs. Il est aussi imprévu que le fantôme. C'est une espèce de hantise, mais de hantise intermittente, dont nous devrions tirer, si nous étions sages, la certitude d'une existence meilleure et l'espérance d'y atteindre par l'exercice journalier de notre volonté. Cette acuité de la pensée, cet enthousiasme des sens et de l'esprit, ont dû, en tout temps, apparaître à l'homme comme le premier des biens; c'est pourquoi, ne considérant que la volupté immédiate, il a, sans s'inquiéter de violer les lois de sa constitution, cherché dans la science physique, dans la pharmaceutique, dans les plus grossières liqueurs, dans les parfums les plus subtils, sous tous les climats et dans tous les temps, les moyens de fuir, ne fût-ce que pour quelques heures, son habitacle de fange, et, comme dit l'auteur de *Lazare*, « d'emporter le paradis d'un seul coup ». Hélas! les vices de l'homme, si pleins d'horreur qu'on les suppose, contiennent la preuve (quand ce ne serait que leur infinie expansion!) de son goût de l'infini; seulement, c'est un goût qui se trompe souvent de route. On pourrait prendre dans un sens métaphorique le vulgaire proverbe : *Tout chemin mène à Rome*, et l'appliquer au monde moral; tout mène à la récompense ou au châtiment, deux formes de l'éternité. L'esprit humain regorge de passions; il en a *à revendre*, pour me servir d'une autre locution triviale; mais ce malheureux esprit, dont la dépravation naturelle est aussi grande que son aptitude soudaine, quasi paradoxale, à la charité et aux vertus les plus ardues, est fécond en paradoxes qui lui permettent d'employer pour le mal le trop-plein de cette passion débordante. Il ne croit jamais se vendre en bloc. Il oublie, dans son infatuation, qu'il se joue à un plus fin et plus fort que lui, et que l'Esprit du Mal, même quand on ne lui livre qu'un cheveu, ne tarde pas à emporter la tête. Ce seigneur visible de la nature visible (je parle de l'homme) a donc voulu créer le paradis par la pharmacie, par les boissons fermentées, semblable à un maniaque qui remplacerait des meubles solides et des jardins véritables par des décors peints sur toile et montés sur châssis. C'est dans cette dépravation du sens de l'infini que gît, selon moi, la raison de tous les excès coupables, depuis l'ivresse solitaire et concentrée du littérateur, qui, obligé de chercher dans l'opium un soulagement à une douleur physique, et ayant ainsi découvert une source de jouissances morbides, en a fait peu à peu son unique hygiène et comme le soleil de sa vie spirituelle, jusqu'à l'ivrognerie la plus répugnante des faubourgs, qui, le cerveau plein de flamme et de gloire, se roule ridiculement dans les ordures de la route.

Parmi les drogues les plus propres à créer ce que je nomme l'*Idéal artificiel*, laissant de côté les liqueurs, qui poussent vite à la fureur matérielle et terrassent la force spirituelle, et les parfums dont l'usage excessif, tout en rendant l'imagination de l'homme plus subtile, épuise graduellement ses forces physiques, les deux plus énergiques substances, celles dont l'emploi est le plus commode et le plus sous la main, sont le haschisch et l'opium. L'analyse des effets mystérieux et des jouissances morbides que peuvent engendrer ces drogues, des châtiments inévitables qui résultent de leur usage prolongé, et enfin de l'immoralité même impliquée dans cette poursuite d'un faux idéal, constitue le sujet de cette étude.

Le travail sur l'opium a été fait, et d'une manière si éclatante, médicale et poétique à la fois, que je n'oserais rien y ajouter. Je me contenterai donc, dans une autre étude, de donner l'analyse de ce livre incomparable, qui n'a jamais été traduit en France dans sa totalité. L'auteur, homme illustre, d'une imagination puissante et exquise, aujourd'hui retiré et silencieux, a osé, avec une candeur tragique, faire le récit des jouissances et des tortures qu'il a trouvées jadis dans l'opium, et la partie la plus dramatique de son livre est celle où il parle des efforts surhumains de volonté qu'il lui a fallu déployer pour échapper à la damnation à laquelle il s'était imprudemment voué lui-même.

Aujourd'hui, je ne parlerai que du haschisch, et j'en parlerai suivant des renseignements nombreux et minutieux, extraits des notes ou des confidences d'hommes intelligents qui s'y étaient adonnés long-temps. Seulement, je fondrai ces documents variés en une sorte de monographie, choisissant une âme, facile d'ailleurs à expliquer et à définir, comme type propre aux expériences de cette nature.

QU'EST-CE QUE LE HASCHISCH ?

Les récits de Marco Polo, dont on s'est à tort moqué, comme de quelques autres voyageurs anciens, ont été vérifiés par les savants et méritent notre créance. Je ne raconterai pas après lui comment le Vieux de la Montagne enfermait, après les avoir enivrés de haschisch (d'où, Haschischins ou Assassins), dans un jardin plein de délices, ceux de ses plus jeunes disciples à qui il voulait donner une idée du paradis, récompense entrevue, pour ainsi dire, d'une obéissance passive et irréfléchie. Le lecteur peut, relativement à la société secrète des Haschischins, consulter le livre de M. de Hammer et le mémoire de M. Sylvestre de Sacy, contenu dans le tome XVI des *Mémoires de l'Académie des Inscriptions et Belles-Lettres*, et, relativement à l'étymologie du mot *assassin*, sa lettre au rédacteur du *Moniteur*, insérée dans le numéro 359 de l'année 1809. Hérodote raconte que les Scythes amassaient des graines de chanvre sur lesquelles ils jetaient des pierres rougies au feu. C'était pour eux comme un bain de vapeur plus parfumée que celle d'aucune étuve grecque, et la jouissance en était si vive qu'elle leur arrachait des cris de joie.

Le haschisch, en effet, nous vient de l'Orient ; les propriétés excitantes du chanvre étaient bien connues dans l'ancienne Egypte, et l'usage en est très répandu, sous différents noms, dans l'Inde, dans l'Algérie et dans l'Arabie Heureuse. Mais nous avons auprès de nous, sous nos yeux, des exemples curieux de l'ivresse causée par les émanations végétales. Sans parler des enfants qui, après avoir joué et s'être roulés dans des amas de luzerne fauchée, éprouvent souvent de singuliers vertiges, on sait que, lorsque se fait la moisson du chanvre, les travailleurs mâles et femelles subissent des effets analogues; on dirait que de la moisson s'élève un miasme qui trouble malicieusement leur cerveau. La tête du moissonneur est pleine de tourbillons, quelquefois chargée de rêveries. A de certains moments, les membres s'affaiblissent et refusent le service. Nous avons entendu parler de crises somnambuliques assez fréquentes chez les paysans russes, dont la cause, dit-on, doit être attribuée à l'usage de l'huile de chènevis dans la préparation des aliments. Qui ne connaît les extravagances des poules qui ont mangé des graines de chènevis, et l'enthousiasme fougueux des chevaux que les paysans, dans les noces et les fêtes patronales, préparent à une course au clocher par une ration de, chènevis, quelquefois arrosée de vin?

Cependant, le chanvre français est impropre à se transformer en haschisch, ou du moins, d'après les expériences répétées, impropre à donner une drogue égale en puissance au haschisch. Le haschisch, ou chanvre indien, *cannabis indica*, est une plante de la famille des urticées, en tout semblable, sauf qu'elle n'atteint pas la même hauteur, au chanvre de nos climats. Il possède des propriétés enivrantes très extraordinaires qui, depuis quelques années, ont attiré en France l'attention des savants et des gens du monde. Il est plus ou moins estimé, suivant ses différentes provenances; celui du Bengale est le plus prisé par les amateurs; cependant, ceux d'Egypte, de Constantinople, de Perse et d'Algérie jouissent des mêmes propriétés, mais à un degré inférieur.

Le haschisch (ou herbe, c'est-à-dire l'herbe par excellence, comme si les Arabes avaient voulu définir en un mot l'*herbe*, source de toutes les voluptés immatérielles) porte différents noms, suivant sa composition et le mode de préparation qu'il a subie dans le pays où il a été récolté : dans l'Inde, *bangie;* en Afrique, *teriaki;* en Algérie et dans l'Arabie Heureuse, *madjound,* etc. Il n'est pas indifférent de le cueillir à toutes les époques de l'année; c'est quand il est en fleur qu'il possède sa plus grande énergie; les sommités fleuries sont, par conséquent, les seules parties employées dans les différentes préparations dont nous avons à dire quelques mots.

L'*extrait gras* du haschisch, tel que le préparent les Arabes, s'obtient en faisant bouillir les sommités de la plante fraîche dans du beurre avec un peu d'eau. On fait passer, après évaporation complète de toute humidité, et l'on obtient ainsi une préparation qui a l'apparence d'une pommade de couleur jaune verdâtre, et qui garde une odeur désagréable de haschisch et de beurre rance. Sous cette forme, on l'emploie en petites boulettes de 2 à 4 grammes; mais à cause de son odeur répugnante, qui va croissant avec le temps, les Arabes mettent l'extrait gras sous la forme de confitures.

La plus usitée de ces confitures, le *dawamesk*, est un mélange d'extrait gras, de sucre et de divers aromates, tels que vanille, cannelle, pistaches, amandes, musc. Quelquefois même on y ajoute un peu de cantharide, dans un but qui n'a rien de commun avec les résultats ordinaires du haschisch. Sous cette forme nouvelle, le haschisch n'a rien de désagréable, et on peut le prendre à la dose de 15, 20 et 30 grammes, soit enveloppé dans une feuille de pain à chanter, soit dans une tasse de café.

Les expériences faites par MM. Smith, Gastinel et Decourtive ont eu pour but d'arriver à la découverte du principe actif du haschisch. Malgré leurs efforts, sa combinaison chimique est encore peu connue; mais on attribue généralement ses propriétés à une matière résineuse qui s'y trouve en assez bonne dose, dans la proportion de 10 pour 100 environ. Pour obtenir cette résine, on réduit la plante sèche en poudre grossière, et on la lave plusieurs fois avec de l'alcool que l'on distille ensuite pour le retirer en partie; on fait évaporer jusqu'à consistance d'extrait; on traite cet extrait par l'eau, qui dissout les matières gommeuses étrangères, et la résine reste alors à l'état de pureté.

Ce produit est mou, d'une couleur verte foncée, et

possède à un haut degré l'odeur caractéristique du haschisch. 5, 10, 15 centigrammes suffisent pour produire des effets surprenants. Mais la haschischine, qui peut s'administrer sous forme de pastilles au chocolat ou de petites pilules gingembrées, a, comme le dawamesk et l'extrait gras, des effets plus ou moins vigoureux et d'une nature très variée suivant le tempérament des individus et leur susceptibilité nerveuse. Il y a mieux, c'est que le résultat varie dans le même individu. Tantôt ce sera une gaieté immodérée et irrésistible, tantôt une sensation de bien-être et de plénitude de vie, d'autres fois un sommeil équivoque et traversé de rêves. Il existe cependant des phénomènes qui se reproduisent assez régulièrement, surtout chez les personnes d'un tempérament et d'une éducation analogues; il y a une espèce d'unité dans la variété qui me permettra de rédiger sans trop de peine cette monographie de l'ivresse dont j'ai parlé tout à l'heure.

A Constantinople, en Algérie et même en France, quelques personnes fument du haschisch mêlé avec du tabac; mais alors les phénomènes en question ne se produisent que sous une forme très modérée et, pour ainsi dire, paresseuse. J'ai entendu dire qu'on avait récemment, au moyen de la distillation, tiré du haschish une huile essentielle qui paraît posséder une vertu beaucoup plus active que toutes les préparations connues jusqu'à présent; mais elle n'a pas été assez étudiée pour que je puisse avec certitude parler de ses résultats. N'est-il pas superflu d'ajouter que le thé, le café et les liqueurs sont des adjuvants puissants qui accélèrent plus ou moins l'éclosion de cette ivresse mystérieuse?

LE THÉATRE DE SÉRAPHIN

Qu'éprouve-t-on? que voit-on? des choses merveilleuses, n'est-ce pas? des spectacles extraordinaires? Est-ce bien beau? et bien terrible? et bien dangereux? — Telles sont les questions ordinaires qu'adressent, avec une curiosité mêlée de crainte, les ignorants aux adeptes. On dirait une enfantine impatience de savoir, comme celle des gens qui n'ont jamais quitté le coin de leur feu, quand ils se trouvent en face d'un homme qui revient de pays lointains et inconnus. Ils se figurent l'ivresse du haschisch comme un pays prodigieux, un vaste théâtre de prestidigitation et d'escamotage, où tout est miraculeux et imprévu. C'est là un préjugé, une méprise complète. Et, puisque pour le commun des lecteurs et des questionneurs le mot haschisch comporte l'idée d'un monde étrange et bouleversé, l'attente de rêves prodigieux (il serait mieux de dire hallucinations, lesquelles sont d'ailleurs moins fréquentes qu'on ne le suppose), je ferai tout de suite remarquer l'importante différence qui sépare les effets du haschisch des phénomènes du sommeil. Dans le sommeil, ce voyage aventureux de tous les soirs, il y a quelque chose de positivement miraculeux; c'est un miracle dont la ponctualité a émoussé le mystère. Les rêves de l'homme sont de deux classes. Les uns, pleins de sa vie ordinaire, de ses préoccupations, de ses désirs, de ses vices, se combinent d'une façon plus ou moins bizarre avec les objets entrevus dans la journée, qui se sont indiscrètement fixés sur la vaste toile de sa mémoire. Voilà le rêve naturel; il est l'homme lui-

même. Mais l'autre espèce de rêve! le rêve absurde,
imprévu, sans rapport ni connexion avec le caractère,
la vie et les passions du dormeur! ce rêve, que j'appellerai hiéroglyphique, représente évidemment le côté
surnaturel de la vie, et c'est justement parce qu'il est
absurde que les anciens l'ont cru divin. Comme il est
inexplicable par les causes naturelles, ils lui ont attribué
une cause extérieure à l'homme; et encore aujourd'hui,
sans parler des onéiromanciens, il existe une école
philosophique qui voit dans les rêves de ce genre tantôt
un reproche, tantôt un conseil; en somme, un tableau
symbolique et moral, engendré dans l'esprit même de
l'homme qui sommeille. C'est un dictionnaire qu'il faut
étudier, une langue dont les sages peuvent obtenir la
clef.

Dans l'ivresse du haschisch, rien de semblable. Nous
ne sortirons pas du rêve naturel. L'ivresse, dans toute
sa durée, ne sera, il est vrai, qu'un immense rêve, grâce
à l'intensité des couleurs et à la rapidité des conceptions; mais elle gardera toujours la tonalité particulière de l'individu. L'homme a voulu rêver, le rêve
gouvernera l'homme; mais ce rêve sera bien le fils de
son père. L'oisif s'est ingénié pour introduire artifi-
ciellement le surnaturel dans sa vie et dans sa pensée;
mais il n'est, après tout et malgré l'énergie accidentelle
de ses sensations, que le même homme augmenté, le
même nombre élevé à une très haute puissance. Il est
subjugué; mais, pour son malheur, il ne l'est que par
lui-même, c'est-à-dire par la partie déjà dominante de
lui-même; *il a voulu faire l'ange, il est devenu une bête*,
momentanément très puissante, si toutefois on peut
appeler puissance une sensibilité excessive, sans gouvernement pour la modérer ou l'exploiter.

Que les gens du monde et les ignorants, curieux de
connaître des jouissances exceptionnelles, sachent donc
bien qu'ils ne trouveront dans le haschisch rien de miraculeux, absolument rien que le naturel excessif. Le cerveau et l'organisme sur lesquels opère le haschisch, ne
donneront que leurs phénomènes ordinaires, indivi-
duels, augmentés, il est vrai, quant au nombre et à
l'énergie, mais toujours fidèles à leur origine. L'homme

n'échappera pas à la fatalité de son tempérament physique et moral : le haschisch sera, pour les impressions et les pensées familières de l'homme, un miroir grossissant, mais un pur miroir.

Voici la drogue sous vos yeux : un peu de confiture verte, gros comme une noix, singulièrement odorante, à ce point qu'elle soulève une certaine répulsion et des velléités de nausée, comme le ferait, du reste, toute odeur fine et même agréable, portée à son maximum de force et pour ainsi dire de densité. Qu'il me soit permis de remarquer, en passant, que cette proposition peut être inversée, et que le parfum le plus répugnant, le plus révoltant, deviendrait peut-être un plaisir s'il était réduit à son minimum de quantité et d'expansion. — Voilà donc le bonheur! il remplit la capacité d'une petite cuiller! le bonheur avec toutes ses ivresses, toutes ses folies, tous ses enfantillages! Vous pouvez avaler sans crainte; on n'en meurt pas. Vos organes physiques n'en recevront aucune atteinte. Plus tard peut-être un trop fréquent appel au sortilège diminuera-t-il la force de votre volonté, peut-être serez-vous moins homme que vous ne l'êtes aujourd'hui; mais le châtiment est si lointain, et le désastre futur d'une nature si difficile à définir! Que risquez-vous? demain un peu de fatigue nerveuse. Ne risquez-vous pas tous les jours de plus grands châtiments pour de moindres récompenses? Ainsi, c'est dit : vous avez même, pour lui donner plus de force et d'expansion, délayé votre dose d'extrait gras dans une tasse de café noir; vous avez pris soin d'avoir l'estomac libre, reculant vers neuf ou dix heures du soir le repas substantiel, pour livrer au poison toute liberté d'action; tout au plus dans une heure prendrez-vous une légère soupe. Vous êtes maintenant suffisamment lesté pour un long et singulier voyage. La vapeur a sifflé, la voiture est orientée, et vous avez sur les voyageurs ordinaires ce curieux privilège d'ignorer où vous allez. Vous l'avez voulu; vive la fatalité!

Je présume que vous avez eu la précaution de bien choisir votre moment pour cette aventureuse expédition. Toute débauche parfaite a besoin d'un parfait loisir. Vous savez d'ailleurs que le haschisch crée l'exagération non seulement de l'individu, mais aussi de la circonstance et du milieu; vous n'avez pas de devoirs à accomplir exigeant de la ponctualité, de l'exactitude; point de chagrins de famille; point de douleurs d'amour. Il faut y prendre garde. Ce chagrin, cette inquiétude, ce souvenir d'un devoir qui réclame votre volonté et votre attention à une minute déterminée, viendraient sonner comme un glas à travers votre ivresse et empoisonneraient votre plaisir. L'inquiétude deviendrait angoisse; le chagrin, torture. Si, toutes ces conditions préalables observées, le temps est beau, si vous êtes situé dans un milieu favorable, comme un paysage pittoresque ou un appartement poétiquement décoré, si de plus vous pouvez espérer un peu de musique, alors tout est pour le mieux.

Il y a généralement dans l'ivresse du haschisch trois phases assez faciles à distinguer, et ce n'est pas une chose peu curieuse à observer, chez les novices, que les premiers symptômes de la première phase. Vous avez entendu parler vaguement des merveilleux effets du haschisch; votre imagination a préconçu une idée particulière, quelque chose comme un idéal d'ivresse; il vous tarde de savoir si la réalité sera décidément à la hauteur de votre espérance. Cela suffit pour vous jeter dès le commencement dans un état anxieux, assez favorable à l'humeur conquérante et envahissante du poison. La plupart des novices, au premier degré d'initiation, se plaignent de la lenteur des effets; ils les attendent avec une impatience puérile, et la drogue n'agissant pas assez vite à leur gré, ils se livrent à des fanfaronnades d'incrédulité qui sont fort réjouissantes pour les vieux initiés qui savent comment le haschisch se gouverne. Les premières atteintes, comme les symptômes d'un orage longtemps indécis, apparaissent et se multiplient au sein même de cette incrédulité. C'est d'abord une certaine hilarité, saugrenue, irrésistible, qui s'empare de vous. Ces accès de gaieté non motivée, dont vous êtes presque honteux, se reproduisent fréquemment, et coupent des intervalles de stupeur pendant lesquels vous cherchez en vain à vous recueillir.

Les mots les plus simples, les idées les plus triviales
prennent une physionomie bizarre et nouvelle; vous
vous étonnez même de les avoir jusqu'à présent trouvés si simples. Des ressemblances et des rapprochements incongrus, impossibles à prévoir, des jeux de
mots interminables, des ébauches de comique, jaillissent
continuellement de votre cerveau. Le démon vous a
envahi; il est inutile de regimber contre cette hilarité,
douloureuse comme un chatouillement. De temps en
temps vous riez de vous-même, de votre niaiserie et de
votre folie, et vos camarades, si vous en avez, rient
également de votre état et du leur; mais, comme ils sont
sans malice, vous êtes sans rancune.

Cette gaieté, tour à tour languissante ou poignante,
ce malaise dans la joie, cette insécurité, cette indécision
de la maladie, ne durent généralement qu'un temps
assez court. Bientôt les rapports d'idées deviennent tellement vagues, le fil conducteur qui relie vos conceptions si ténu, que vos complices seuls peuvent vous
comprendre. Et encore, sur ce sujet et de ce côté,
aucun moyen de vérification; peut-être croient-ils vous
comprendre, et l'illusion est-elle réciproque. Cette folâtrerie et ces éclats de rire, qui ressemblent à des explosions, apparaissent comme une véritable folie, au moins
comme une niaiserie de maniaque, à tout homme qui
n'est pas dans le même état que vous. De même la
sagesse et le bon sens, la régularité des pensées chez
le témoin prudent qui ne s'est pas enivré, vous réjouit
et vous amuse comme un genre particulier de démence.
Les rôles sont intervertis. Son sang-froid vous pousse
aux dernières limites de l'ironie. N'est-ce pas une
situation mystérieusement comique que celle d'un
homme qui jouit d'une gaieté incompréhensible pour
qui ne s'est pas placé dans le même milieu que lui?
Le fou prend le sage en pitié, et dès lors l'idée de sa
supériorité commence à poindre à l'horizon de son
intellect. Bientôt elle grandira, grossira et éclatera
comme un météore.

J'ai été témoin d'une scène de ce genre qui a été
poussée fort loin, et dont le grotesque n'était intelligible que pour ceux qui connaissaient, au moins par

l'observation sur autrui, les effets de la substance et la différence énorme de diapason qu'elle crée entre deux intelligences supposées égales. Un musicien célèbre, qui ignorait les propriétés du haschisch, qui peut-être n'en avait jamais entendu parler, tombe au milieu d'une société dont plusieurs personnes en avaient pris. On essaye de lui en faire comprendre les merveilleux effets. A ces prodigieux récits, il sourit avec grâce, par complaisance, comme un homme qui veut bien *poser* pendant quelques minutes. Sa méprise est vite devinée par ces esprits que le poison a aiguisés, et les rires le blessent. Ces éclats de joie, ces jeux de mots, ces physionomies altérées, toute cette atmosphère malsaine l'irritent et le poussent à déclarer, plus tôt peut-être qu'il n'aurait voulu, *que cette charge d'artiste est mauvaise, et que d'ailleurs elle doit être bien fatigante pour ceux qui l'ont entreprise*. Le comique illumina tous les esprits comme un éclair. Ce fut un redoublement de joie. « Cette *charge* peut être bonne pour vous, dit-il, mais pour moi, non. » — « Il suffit qu'elle soit bonne pour nous », réplique en égoïste un des malades. Ne sachant s'il a affaire à de véritables fous ou à des gens qui simulent la folie, notre homme croit que le parti le plus sage est de se retirer; mais quelqu'un ferme la porte et cache la clef. Un autre, s'agenouillant devant lui, lui demande pardon au nom de la société, et lui déclare insolemment, mais avec larmes, que, malgré son infériorité spirituelle, qui peut-être excite un peu de pitié, tous sont pénétrés pour lui d'une amitié profonde. Celui-ci se résigne à rester, et même il condescend, sur des prières instantes, à faire un peu de musique. Mais les sons du violon, en se répandant dans l'appartement comme une nouvelle contagion, *empoignaient* (le mot n'est pas trop fort) tantôt un malade, tantôt un autre. C'étaient des soupirs rauques et profonds, des sanglots soudains, des ruisseaux de larmes silencieuses. Le musicien épouvanté s'arrête, et, s'approchant de celui dont la béatitude faisait le plus de tapage, lui demande s'il souffre beaucoup et ce qu'il faudrait faire pour le soulager. Un des assistants, *un homme pratique*, propose de la limonade et des acides.

Mais le malade, l'extase dans les yeux, les regarde tous deux avec un indicible mépris. Vouloir guérir un homme malade de trop de vie, malade de joie!

Comme on le voit par cette anecdote, la bienveillance tient une assez grande place dans les sensations causées par le haschisch; une bienveillance molle, paresseuse, muette, et dérivant de l'attendrissement des nerfs. A l'appui de cette observation, une personne m'a raconté une aventure qui lui était arrivée dans cet état d'ivresse, et comme elle avait gardé un souvenir très exact de ses sensations, je compris parfaitement dans quel embarras grotesque, inextricable, l'avait jetée cette différence de diapason et de niveau dont je parlais tout à l'heure. Je ne me rappelle pas si l'homme en question en était à sa première ou à sa seconde expérience. Avait-il pris une dose un peu trop forte, ou le haschisch avait-il produit, sans l'aide d'aucune autre cause apparente (ce qui arrive fréquemment), des effets beaucoup plus vigoureux? Il me raconta qu'à travers sa jouissance, cette jouissance suprême de se sentir plein de vie et de se croire plein de génie, il avait tout d'un coup rencontré un objet de terreur. D'abord ébloui par la beauté de ses sensations, il en avait été subitement épouvanté. Il s'était demandé ce que deviendraient son intelligence et ses organes, si cet état, qu'il prenait pour un état surnaturel, allait toujours s'aggravant, si ses nerfs devenaient toujours de plus en plus délicats. Par la faculté de grossissement que possède l'œil spirituel du patient, cette peur doit être un supplice ineffable. « J'étais, disait-il, comme un cheval emporté et courant vers un abîme, voulant s'arrêter, mais ne le pouvant pas. En effet, c'était un galop effroyable, et ma pensée, esclave de la circonstance, du milieu, de l'accident et de tout ce qui peut être impliqué dans le mot *hasard*, avait pris un tour purement et absolument rapsodique. Il est trop tard! me répétais-je sans cesse avec désespoir. Quand cessa ce mode de sentir, qui me parut durer un temps infini et qui n'occupa peut-être que quelques minutes, quand je crus pouvoir enfin me plonger dans la béatitude, si chère aux Orientaux, qui succède à cette phase furi-

bonde, je fus accablé d'un nouveau *malheur*. Une nouvelle inquiétude, bien triviale et bien puérile, s'abattit
sur moi. Je me souvins tout d'un coup que j'étais
invité à un dîner, à une soirée d'hommes sérieux. Je
me vis à l'avance au milieu d'une foule sage et discrète,
où chacun est maître de soi-même, obligé de cacher
soigneusement l'état de mon esprit sous l'éclat des
lampes nombreuses. Je croyais bien que j'y réussirais,
mais aussi je me sentais presque défaillir en pensant
aux efforts de volonté qu'il me faudrait déployer. Par
je ne sais quel accident, les paroles de l'Evangile :
« Malheur à celui par qui le scandale arrive! » venaient
de surgir dans ma mémoire, et tout en voulant les
oublier, en m'appliquant à les oublier, je les répétais
sans cesse dans mon esprit. Mon malheur (car c'était
un véritable malheur) prit alors des proportions grandioses. Je résolus, malgré ma faiblesse, de faire acte
d'énergie et de consulter un pharmacien; car j'ignorais
les réactifs, et je voulais aller, l'esprit libre et dégagé,
dans le monde, où m'appelait mon devoir. Mais sur le
seuil de la boutique une pensée soudaine me prit, qui
m'arrêta quelques instants et me donna à réfléchir. Je
venais de me regarder, en passant, dans la glace d'une
devanture, et mon visage m'avait étonné. Cette pâleur,
ces lèvres rentrées, ces yeux agrandis! Je vais inquiéter ce brave homme, me dis-je, et pour quelle niaiserie! Ajoutez à cela le sentiment du ridicule que je
voulais éviter, la crainte de trouver du monde dans la
boutique. Mais ma bienveillance soudaine pour cet
apothicaire inconnu dominait tous mes autres sentiments. Je me figurais cet homme aussi sensible que je
l'étais moi-même en cet instant funeste, et, comme je
m'imaginais aussi que son oreille et son âme devaient,
comme les miennes, vibrer au moindre bruit, je résolus
d'entrer chez lui sur la pointe du pied. Je ne saurais,
me disais-je, montrer trop de discrétion chez un
homme dont je vais alarmer la charité. Et puis je me
promettais d'éteindre le son de ma voix comme le
bruit de mes pas; vous la connaissez, cette voix du
haschisch? grave, profonde, gutturale, et ressemblant
beaucoup à celle des vieux mangeurs d'opium. Le

résultat fut le contraire de ce que je voulais obtenir. Décidé à rassurer le pharmacien, je l'épouvantai. Il ne connaissait rien de cette *maladie*, n'en avait jamais entendu parler. Cependant il me regardait avec une curiosité fortement mêlée de défiance. Me prenait-il pour un fou, un malfaiteur ou un mendiant? Ni ceci, ni cela, sans doute; mais toutes ces idées absurdes traversèrent mon cerveau. Je fus obligé de lui expliquer longuement (quelle fatigue!) ce que c'était que la confiture de chanvre et à quel usage cela servait, lui répétant sans cesse qu'il n'y avait pas de danger, qu'il n'y avait pas, *pour lui*, de raison de s'alarmer, et que je ne demandais qu'un moyen d'adoucissement ou de réaction, insistant fréquemment sur le chagrin sincère que j'éprouvais de lui causer de l'ennui. Enfin, — comprenez bien toute l'humiliation contenue pour moi dans ces paroles, — il me pria simplement *de me retirer*. Telle fut la récompense de ma charité et de ma bienveillance exagérées. J'allai à ma soirée; je ne scandalisai personne. Nul ne devina les efforts surhumains qu'il me fallut faire pour ressembler à tout le monde. Mais je n'oublierai jamais les tortures d'une ivresse ultra-poétique, gênée par le décorum et contrariée par un devoir! »

Quoique naturellement porté à sympathiser avec toutes les douleurs qui naissent de l'imagination, je ne pus m'empêcher de rire de ce récit. L'homme qui me le faisait n'est pas corrigé. Il a continué à demander à la confiture maudite l'excitation qu'il faut trouver en soi-même; mais comme c'est un homme prudent, rangé, *un homme du monde*, il a diminué les doses, ce qui lui a permis d'en augmenter la fréquence. Il appréciera plus tard les fruits pourris de son hygiène.

Je reviens au développement régulier de l'ivresse. Après cette première phase de gaieté enfantine, il y a comme un apaisement momentané. Mais de nouveaux événements s'annoncent bientôt par une sensation de fraîcheur aux extrémités (qui peut même devenir un froid très intense chez quelques individus) et une grande faiblesse dans tous les membres; vous avez alors des mains de beurre, et dans votre tête, dans tout votre être, vous sentez une stupeur et une stupéfaction embarrassantes. Vos yeux s'agrandissent; ils sont comme tirés dans tous les sens par une extase implacable. Votre face s'inonde de pâleur. Les lèvres se rétrécissent et vont rentrant dans la bouche, avec ce mouvement d'anhélation qui caractérise l'ambition d'un homme en proie à de grands projets, oppressé par de vastes pensées, ou rassemblant sa respiration pour prendre son élan. La gorge se ferme, pour ainsi dire. Le palais est desséché par une soif qu'il serait infiniment doux de satisfaire, si les délices de la paresse n'étaient pas plus agréables et ne s'opposaient pas au moindre dérangement du corps. Des soupirs rauques et profonds s'échappent de votre poitrine, comme si votre *ancien* corps ne pouvait pas supporter les désirs et l'activité de votre âme *nouvelle*. De temps à autre, une secousse vous traverse et vous commande un mouvement involontaire, comme ces soubresauts qui, à la fin d'une journée de travail ou dans une nuit orageuse, précèdent le sommeil définitif.

Avant d'aller plus loin, je veux, à propos de cette sensation de fraîcheur dont je parlais plus haut, raconter encore une anecdote qui servira à montrer jusqu'à quel point les effets, même purement physiques, peuvent varier suivant les individus. Cette fois, c'est un littérateur qui parle, et en quelques passages de son récit on pourra, je crois, trouver les indices d'un tempérament littéraire.

« J'avais, me dit celui-ci, pris une dose modérée d'extrait gras, et tout allait pour le mieux. La crise de gaieté maladive avait duré peu de temps, et je me trouvais dans un état de langueur et d'étonnement qui était presque du bonheur. Je me promettais donc une soirée tranquille et sans soucis. Malheureusement le hasard me contraignit à accompagner quelqu'un au spectacle. Je pris mon parti en brave, résolu à déguiser mon immense désir de paresse et d'immobilité. Toutes les voitures de mon quartier se trouvant retenues, il fallut me résigner à faire un long trajet à pied, à traverser les bruits discordants des voitures, les conversations stupides des passants, tout un océan de trivialités. Une légère fraîcheur s'était déjà manifestée au bout de mes doigts; bientôt elle se transforma en un froid très vif, comme si j'avais les deux mains plongées dans un seau d'eau glacée. Mais ce n'était pas une souffrance; cette sensation presque aiguë me pénétrait plutôt comme une volupté. Cependant il me semblait que ce froid m'envahissait de plus en plus, au fur et à mesure de cet interminable voyage. Je demandai deux ou trois fois à la personne que j'accompagnais s'il faisait réellement très froid; il me fut répondu qu'au contraire la température était plus que tiède. Installé enfin dans la salle, enfermé dans la boîte qui m'était destinée, avec trois ou quatre heures de repos devant moi, je me crus arrivé à la terre promise. Les sentiments que j'avais refoulés pendant la route, avec toute la pauvre énergie dont je pouvais disposer, firent donc irruption, et je m'abandonnai librement à ma muette frénésie. Le froid augmentait toujours, et cependant je voyais des gens légèrement vêtus, ou même s'essuyant le front avec un air de fatigue. Cette idée réjouissante me prit, que j'étais un homme privilégié, à qui seul était accordé le droit d'avoir froid en été dans une salle de spectacle. Ce froid s'accroissait au point de devenir alarmant; mais j'étais avant tout dominé par la curiosité de savoir jusqu'à quel degré il pourrait descendre. Enfin il vint à un tel point, il fut si complet, si général, que toutes mes idées se congelèrent, pour ainsi dire; j'étais un morceau de glace pensant; je me considérais comme une statue taillée dans un seul bloc de glace; et cette folle hallucination me causait une fierté, excitait en moi un bien-être moral que je ne saurais vous définir. Ce qui ajoutait à mon abominable jouissance était la certitude que tous les assistants ignoraient ma nature et quelle supériorité j'avais sur eux; et puis le bonheur de penser que mon camarade ne s'était pas douté un seul instant de quelles bizarres sensations j'étais possédé! Je tenais la récompense de ma dissimulation, et ma volupté exceptionnelle était un vrai secret.

« Du reste, j'étais à peine entré dans ma loge que mes yeux avaient été frappés d'une impression de

ténèbres qui me paraît avoir quelque parenté avec
l'idée de froid. Il se peut bien que ces deux idées se
soient prêté réciproquement de la force. Vous savez
que le haschisch invoque toujours des magnificences
de lumière, des splendeurs glorieuses, des cascades d'or
liquide; toute lumière lui est bonne, celle qui ruisselle
en nappe et celle qui s'accroche comme du paillon aux
pointes et aux aspérités, les candélabres des salons, les
cierges du mois de Marie, les avalanches de rose dans
les couchers de soleils. Il paraît que ce misérable lustre
répandait une lumière bien insuffisante pour cette soif
insatiable de clarté; je crus entrer, comme je vous l'ai
dit, dans un monde de ténèbres, qui d'ailleurs s'épais-
sirent graduellement, pendant que je rêvais nuit polaire
et hiver éternel. Quant à la scène (c'était une scène
consacrée au genre comique), elle seule était lumineuse, infiniment petite et située loin, très loin, comme
au bout d'un immense stéréoscope. Je ne vous dirai
pas que j'écoutais les comédiens, vous savez que cela
est impossible; de temps en temps ma pensée accrochait
au passage un lambeau de phrase, et, semblable à une
danseuse habile, elle s'en servait comme d'un tremplin
pour bondir dans des rêveries très lointaines. On pourrait supposer qu'un drame, entendu de cette façon,
manque de logique et d'enchaînement; détrompez-
vous; je découvrais un sens très subtil dans le drame
créé par ma distraction. Rien ne m'en choquait, et je
ressemblais un peu à ce poète qui, voyant jouer *Esther*
pour la première fois, trouvait tout naturel qu'Aman
fît une déclaration d'amour à la reine. C'était, comme
on le devine, l'instant où celui-ci se jette aux pieds
d'Esther pour implorer le pardon de ses crimes. Si
tous les drames étaient entendus selon cette méthode,
ils y gagneraient de grandes beautés, même ceux de
Racine.

« Les comédiens me semblaient excessivement petits
et cernés d'un contour précis et soigné, comme les
figures de Meissonier. Je voyais distinctement, non seulement les détails les plus minutieux de leurs ajuste-
ments, comme dessins d'étoffe, coutures, boutons, etc.,
mais encore la ligne de séparation du faux front d'avec

le véritable, le blanc, le bleu et le rouge, et tous les moyens de grimage. Et ces lilliputiens étaient revêtus d'une clarté froide et magique, comme celle qu'une vitre très nette ajoute à une peinture à l'huile. Lorsque je pus enfin sortir de ce caveau de ténèbres glacées, et que, la fantasmagorie intérieure se dissipant, je fus rendu à moi-même, j'éprouvai une lassitude plus grande que ne m'en a jamais causé un travail tendu et forcé. »

C'est en effet à cette période de l'ivresse que se manifeste une finesse nouvelle, une acuité supérieure dans tous les sens. L'odorat, la vue, l'ouïe, le toucher participent également à ce progrès. Les yeux visent l'infini. L'oreille perçoit des sons presque insaisissables au milieu du plus vaste tumulte. C'est alors que commencent les hallucinations. Les objets extérieurs prennent lentement, successivement, des apparences singulières; ils se déforment et se transforment. Puis, arrivent les équivoques, les méprises et les transpositions d'idées. Les sons se revêtent de couleurs, et les couleurs contiennent une musique. Cela, dira-t-on, n'a rien que de fort naturel, et tout cerveau poétique, dans son état sain et normal, conçoit facilement ces analogies. Mais j'ai déjà averti le lecteur qu'il n'y avait rien de positivement surnaturel dans l'ivresse du haschisch; seulement, ces analogies revêtent alors une vivacité inaccoutumée; elles pénètrent, elles envahissent, elles accablent l'esprit de leur caractère despotique. Les notes musicales deviennent des nombres, et si votre esprit est doué de quelque aptitude mathématique, la mélodie, l'harmonie écoutée, tout en gardant son caractère voluptueux et sensuel, se transforme en une vaste opération arithmétique, où les nombres engendrent les nombres, et dont vous suivez les phases et la génération avec une facilité inexplicable et une agilité égale à celle de l'exécutant.

Il arrive quelquefois que la personnalité disparaît et que l'objectivité, qui est le propre des poètes panthéistes, se développe en vous si anormalement, que la contemplation des objets extérieurs vous fait oublier votre propre existence, et que vous vous confondez bientôt avec eux. Votre œil se fixe sur un arbre harmo-

nieux courbé par le vent; dans quelques secondes, ce
qui ne serait dans le cerveau d'un poète qu'une comparaison fort naturelle deviendra dans le vôtre une réalité.
Vous prêtez d'abord à l'arbre vos passions, votre
désir ou votre mélancolie; ses gémissements et ses oscil-
lations deviennent les vôtres, et bientôt vous êtes
l'arbre. De même, l'oiseau qui plane au fond de l'azur
représente d'abord l'immortelle envie de planer au-dessus des choses humaines; mais déjà vous êtes l'oiseau
lui-même. Je vous suppose assis et fumant. Votre attention se reposera un peu trop longtemps sur les nuages
bleuâtres qui s'exhalent de votre pipe. L'idée d'une
évaporation, lente, successive, éternelle, s'emparera de
votre esprit, et vous appliquerez bientôt cette idée à
vos propres pensées, à votre matière pensante. Par une
équivoque singulière, par une espèce de transposition
ou de quiproquo intellectuel, vous vous sentirez vous
évaporant, et vous attribuerez à votre pipe (dans
laquelle vous vous sentez accroupi et ramassé comme
le tabac) l'étrange faculté de *vous fumer*.

Par bonheur, cette interminable imagination n'a
duré qu'une minute, car un intervalle de lucidité, avec
un grand effort, vous a permis d'examiner la pendule.
Mais un autre courant d'idées vous emporte; il vous
roulera une minute encore dans son tourbillon vivant,
et cette autre minute sera une autre éternité. Car les
proportions du temps et de l'être sont complètement
dérangées par la multitude et l'intensité des sensations
et des idées. On dirait qu'on vit plusieurs vies
d'hommes en l'espace d'une heure. N'êtes-vous pas
alors semblable à un roman fantastique qui serait
vivant au lieu d'être écrit? Il n'y a plus équation entre
les organes et les jouissances; et c'est surtout de cette
considération que surgit le blâme applicable à ce dangereux exercice où la liberté disparaît.

Quand je parle d'hallucinations, il ne faut pas
prendre le mot dans son sens le plus strict. Une nuance
très importante distingue l'hallucination pure, telle que
les médecins ont souvent occasion de l'étudier, de
l'hallucination ou plutôt de la méprise des sens dans
l'état mental occasionné par le haschisch. Dans le

premier cas, l'hallucination est soudaine, parfaite et
fatale ; de plus, elle ne trouve pas de prétexte ni d'excuse
dans le monde des objets extérieurs. Le malade voit
une forme, entend des sons où il n'y en a pas. Dans le
second cas, l'hallucination est progressive, presque
volontaire, et elle ne devient parfaite, elle ne se mûrit
que par l'action de l'imagination. Enfin elle a un prétexte. Le son parlera, dira des choses distinctes, mais il
y avait un son. L'œil ivre de l'homme pris de haschisch
verra des formes étranges ; mais, avant d'être étranges
ou monstrueuses, ces formes étaient simples et naturelles. L'énergie, la vivacité vraiment parlante de l'hallucination dans l'ivresse n'infirme en rien cette différence
originelle. Celle-là a une racine dans le milieu ambiant
et dans le temps présent, celle-ci n'en a pas.

Pour mieux faire comprendre ce bouillonnement
d'imagination, cette maturation du rêve et cet enfante-
ment poétique auquel est condamné un cerveau intoxi-
qué par le haschisch, je raconterai encore une anecdote.
Cette fois, ce n'est pas un jeune homme oisif qui parle,
ce n'est pas non plus un homme de lettres ; c'est une
femme, une femme un peu mûre, curieuse, d'un esprit
excitable, et qui, ayant cédé à l'envie de faire connaissance avec le poison, décrit ainsi, pour une autre dame,
la principale de ses visions. Je transcris littéralement :

« Quelque bizarres et nouvelles que soient les sensations que j'ai tirées de ma folie de douze heures
(douze ou vingt ? en vérité, je n'en sais rien), je n'y
reviendrai plus. L'excitation spirituelle est trop vive,
la fatigue qui en résulte trop grande ; et, pour tout dire,
je trouve dans cet enfantillage quelque chose de cri-
minel. Enfin je cédai à la curiosité ; et puis c'était une
folie en commun, chez de vieux amis, où je ne voyais
pas grand mal à manquer un peu de dignité. Avant
tout je dois vous dire que ce maudit haschisch est
une substance bien perfide ; on se croit quelquefois
débarrassé de l'ivresse, mais ce n'est qu'un calme
menteur. Il y a des repos, et puis des reprises. Ainsi,
vers dix heures du soir, je me trouvai dans un de ces
états momentanés ; je me croyais délivrée de cette
surabondance de vie qui m'avait causé tant de jouis-

sances, il est vrai, mais qui n'était pas sans inquiétude
et sans peur. Je me mis à souper avec plaisir, comme
harassée par un long voyage. Car jusqu'alors, par prudence, je m'étais abstenue de manger. Mais, avant
même de me lever de table, mon délire m'avait rat-
trapée, comme un chat une souris, et le poison se mit
de nouveau à jouer avec ma pauvre cervelle. Bien que
ma maison soit à peu de distance du château de nos
amis, et qu'il y eût une voiture à mon service, je me sentis tellement accablée du besoin de rêver et de m'aban-
donner à cette irrésistible folie, que j'acceptai avec
joie l'offre qu'ils me firent de me garder jusqu'au lendemain. Vous connaissez le château; vous savez que
l'on a arrangé, habillé et *réconforté* à la moderne
toute la partie habitée par les maîtres du lieu, mais
que la partie généralement inhabitée a été laissée telle
quelle, avec son vieux style et ses vieilles décorations.
Il fut résolu qu'on improviserait pour moi une chambre
à coucher dans cette partie du château, et l'on choisit
à cet effet la chambre la plus petite, une espèce de
boudoir un peu fané et décrépit, qui n'en est pas moins
charmant. Il faut que je vous le décrive tant bien que
mal, pour que vous compreniez la singulière vision
dont j'ai été la victime, vision qui m'a occupée une
nuit entière, sans que j'aie eu le loisir de m'apercevoir
de la fuite des heures.

« Ce boudoir est très petit, très étroit. A la hauteur
de la corniche le plafond s'arrondit en voûte; les murs
sont recouverts de glaces étroites et allongées, séparées
par des panneaux où sont peints des paysages dans le
style lâché des décors. A la hauteur de la corniche, sur
les quatre murs, sont représentées diverses figures
allégoriques, les unes dans des attitudes reposées, les
autres courant ou voltigeant. Au-dessus d'elles,
quelques oiseaux brillants et des fleurs. Derrière les
figures s'élève un treillage peint en trompe-l'œil, et
suivant naturellement la courbe du plafond. Ce plafond est doré. Tous les interstices entre les baguettes
et les figures sont donc recouverts d'or, et au centre
l'or n'est interrompu que par le lacis géométrique du
treillage simulé. Vous voyez que cela ressemble un peu

à une *cage* très distinguée, à une très belle cage pour
un très grand oiseau. Je dois ajouter que la nuit était
très belle, très transparente, la lune très vive, à ce
point que, même après que j'eus éteint la bougie, toute
cette décoration resta visible, non illuminée par l'œil
de mon esprit, comme vous pourriez le croire, mais
éclairée par cette belle nuit, dont les lueurs s'accro-
chaient à toute cette broderie d'or, de miroirs et de
couleurs bariolées.

« Je fus d'abord très étonnée de voir de grands
espaces s'étendre devant moi, à côté de moi, de tous
côtés; c'étaient des rivières limpides et des paysages ver-
doyants se mirant dans des eaux tranquilles. Vous
devinez ici l'effet des panneaux répercutés par les
miroirs. En levant les yeux, je vis un soleil couchant
semblable à du métal en fusion qui se refroidit. C'était
l'or du plafond; mais le treillage me donna à penser
que j'étais dans une espèce de cage ou de maison
ouverte de tous côtés sur l'espace, et que je n'étais
séparée de toutes ces merveilles que par les barreaux
de ma magnifique prison. Je riais d'abord de mon
illusion; mais plus je regardais, plus la magie augmentait, plus elle prenait de vie, de transparence et de despotique réalité. Dès lors l'idée de claustration domina
mon esprit, sans trop nuire, je dois le dire, aux plaisirs
variés que je tirais du spectacle tendu autour et au-dessus de moi. Je me considérais comme enfermée pour
longtemps, pour des milliers d'années peut-être, dans
cette cage somptueuse, au milieu de ces paysages féeriques, entre ces horizons merveilleux. Je rêvai de
Belle au bois dormant, d'expiation à subir, de future
délivrance. Au-dessus de ma tête voltigeaient des
oiseaux brillants des tropiques, et, comme mon oreille
percevait le son des clochettes au cou des chevaux qui
cheminaient au loin sur la grande route, les deux sens
fondant leurs impressions en une idée unique, j'attri-
buais aux oiseaux ce chant mystérieux du cuivre, et je
croyais qu'ils chantaient avec un gosier de métal.
Evidemment ils causaient de moi et ils célébraient ma
captivité. Des singes gambadants, des satyres bouffons
semblaient s'amuser de cette prisonnière étendue,

condamnée à l'immobilité. Mais toutes les divinités mythologiques me regardaient avec un charmant sourire, comme pour m'encourager à supporter patiemment le sortilège, et toutes les prunelles glissaient dans le coin des paupières comme pour s'attacher à mon regard. J'en conclus que si des fautes anciennes, si quelques péchés inconnus à moi-même, avaient nécessité ce châtiment temporaire, je pouvais compter cependant sur une bonté supérieure, qui, tout en me condamnant à la prudence, m'offrirait des plaisirs plus graves que les plaisirs de poupée qui remplissent notre jeunesse. Vous voyez que les considérations morales n'étaient pas absentes de mon rêve; mais je dois avouer que le plaisir de contempler ces formes et ces couleurs brillantes, et de me croire le centre d'un drame fantastique, absorbait fréquemment toutes mes autres pensées. Cet état dura longtemps, fort longtemps... Dura-t-il jusqu'au matin? je l'ignore. Je vis tout d'un coup le soleil matinal installé dans ma chambre; j'éprouvai un vif étonnement, et malgré tous les efforts de mémoire que j'ai pu faire, il m'a été impossible de savoir si j'avais dormi ou si j'avais subi patiemment une insomnie délicieuse. Tout à l'heure, c'était la nuit, et maintenant le jour! Et cependant j'avais vécu longtemps, oh! très longtemps!... La notion du temps ou plutôt la mesure du temps étant abolie, la nuit entière n'était mesurable pour moi que par la multitude de mes pensées. Si longue qu'elle dût me paraître à ce point de vue, il me semblait toutefois qu'elle n'avait duré que quelques secondes, ou même qu'elle n'avait pas pris place dans l'éternité.

« Je ne vous parle pas de ma fatigue..., elle fut immense. On dit que l'enthousiasme des poètes et des créateurs ressemble à ce que j'ai éprouvé, bien que je me sois toujours figuré que les gens chargés de nous émouvoir dussent être doués d'un tempérament très calme; mais si le délire poétique ressemble à celui que m'a procuré une petite cuillerée de confiture, je pense que les plaisirs du public coûtent bien cher aux poètes, et ce n'est pas sans un certain bien-être, une satisfaction prosaïque, que je me suis enfin sentie *chez moi*, dans mon *chez moi* intellectuel, je veux dire dans la vie réelle. »

Voilà une femme évidemment raisonnable; mais nous ne nous servirons de son récit que pour en tirer quelques notes utiles qui compléteront cette description très sommaire des principales sensations engendrées par le haschisch.

Elle a parlé du souper comme d'un plaisir arrivant fort à propos, au moment où une embellie momentanée, mais qui semblait définitive, lui permettait de rentrer dans la vie réelle. En effet, il y a, comme je l'ai dit, des intermittences et des calmes trompeurs, et souvent le haschisch détermine une faim vorace, presque toujours une soif excessive. Seulement le dîner ou le souper, au lieu d'amener un repos définitif, crée ce redoublement nouveau, cette crise vertigineuse dont se plaignait cette dame, et qui a été suivie par une série de visions enchanteresses, légèrement teintées de frayeur, auxquelles elle s'était positivement et de fort bonne grâce résignée. La faim et la soif tyranniques dont il est question ne trouvent pas à s'assouvir sans un certain labeur. Car l'homme se sent tellement au-dessus des choses matérielles, ou plutôt il est tellement accablé par son ivresse, qu'il lui faut développer un long courage pour remuer une bouteille ou une fourchette.

La crise définitive déterminée par la digestion des aliments est en effet très violente : il est impossible de lutter; et un pareil état ne serait pas supportable s'il durait trop longtemps et s'il ne faisait bientôt place à une autre phase de l'ivresse, qui, dans le cas précité, s'est traduite par des visions splendides, doucement terrifiantes et en même temps pleines de consolations. Cet état nouveau est ce que les Orientaux appellent le *kief*. Ce n'est plus quelque chose de tourbillonnant et de tumultueux; c'est une béatitude calme et immobile, une résignation glorieuse. Depuis longtemps vous n'êtes plus votre maître, mais vous ne vous en affligez plus. La douleur et l'idée du temps ont disparu, ou si quelquefois elles osent se produire, ce n'est que transfigurées par la sensation dominante, et elles sont alors relativement à leur forme habituelle ce que la mélancolie poétique est à la douleur positive.

Mais, avant tout, remarquons que dans le récit de cette dame (c'est dans ce but que je l'ai transcrit), l'hallucination est d'un genre bâtard, et tire sa raison d'être du spectacle extérieur; l'esprit n'est qu'un miroir où le milieu environnant se reflète transformé d'une manière outrée. Ensuite, nous voyons intervenir ce que j'appellerais volontiers l'hallucination morale : le sujet se croit soumis à une expiation; mais le tempérament féminin, qui est peu propre à l'analyse, ne lui a pas permis de noter le singulier caractère optimiste de ladite hallucination. Le regard bienveillant des divinités de l'Olympe est poétisé par un vernis essentiellement *haschischin*. Je ne dirai pas que cette dame a côtoyé le remords; mais ses pensées, momentanément tournées à la mélancolie et au regret, ont été rapidement colorées d'espérance. C'est une remarque que nous aurons encore occasion de vérifier.

Elle a parlé de la fatigue du lendemain; en effet, cette fatigue est grande, mais elle ne se manifeste pas immédiatement, et, quand vous êtes obligé de la reconnaître, ce n'est pas sans étonnement. Car d'abord, quand vous avez bien constaté qu'un nouveau jour s'est levé sur l'horizon de votre vie, vous éprouvez un bien-être étonnant; vous croyez jouir d'une légèreté d'esprit merveilleuse. Mais vous êtes à peine debout, qu'un vieux reste d'ivresse vous suit et vous retarde, comme le boulet de votre récente servitude. Vos jambes faibles ne vous conduisent qu'avec timidité, et vous craignez à chaque instant de vous casser comme un objet fragile. Une grande langueur (il y a des gens qui prétendent qu'elle ne manque pas de charme) s'empare de votre esprit et se répand à travers vos facultés comme un brouillard dans un paysage. Vous voilà, pour quelques heures encore, incapable de travail, d'action et d'énergie. C'est la punition de la prodigalité impie avec laquelle vous avez dépensé le fluide nerveux. Vous avez disséminé votre personnalité aux quatre vents du ciel, et, maintenant, quelle peine n'éprouvez-vous pas à la rassembler et à la concentrer!

IV

L'HOMME-DIEU

Il est temps de laisser de côté toute cette jonglerie et ces grandes marionnettes, nées de la fumée des cerveaux enfantins. N'avons-nous pas à parler de choses plus graves : des modifications des sentiments humains, et, en un mot, de la *morale* du haschisch?

Jusqu'à présent, je n'ai fait qu'une monographie abrégée de l'ivresse; je me suis borné à en accentuer les principaux traits, surtout les traits matériels. Mais, ce qui est plus important, je crois, pour l'homme spirituel, c'est de connaître l'action du poison sur la partie spirituelle de l'homme, c'est-à-dire le grossissement, la déformation et l'exagération de ses sentiments habituels et de ses perceptions morales, qui présentent alors, dans une atmosphère exceptionnelle, un véritable phénomène de réfraction.

L'homme qui, s'étant livré longtemps à l'opium ou au haschisch, a pu trouver, affaibli comme il l'était par l'habitude de son servage, l'énergie nécessaire pour se délivrer, m'apparaît comme un prisonnier évadé. Il m'inspire plus d'admiration que l'homme prudent qui n'a jamais failli, ayant toujours eu soin d'éviter la tentation. Les Anglais se servent fréquemment, à propos des mangeurs d'opium, de termes qui ne peuvent paraître excessifs qu'aux innocents à qui sont inconnues les horreurs de cette déchéance : *enchained, fettered, enslaved!* Chaînes, en effet, auprès desquelles toutes les autres, chaînes du devoir, chaînes de l'amour illégitime, ne sont que des trames de gaze

et des tissus d'araignée! Epouvantable mariage de
l'homme avec lui-même! « J'étais devenu un esclave de
l'opium; il me tenait dans ses liens, et tous mes travaux
et mes plans avaient pris la couleur de mes rêves », dit
l'époux de Ligeia; mais en combien de merveilleux
passages Edgar Poe, ce poète incomparable, ce philosophe non réfuté, qu'il faut toujours citer à propos des
maladies mystérieuses de l'esprit, ne décrit-il pas les
sombres et attachantes splendeurs de l'opium?
L'amant de la lumineuse Bérénice, Egœus le méta-
physicien, parle d'une altération de ses facultés, qui
le contraint à donner une valeur anormale, monstrueuse, aux phénomènes les plus simples : « Réfléchir
infatigablement de longues heures, l'attention rivée à
quelque citation puérile sur la marge ou dans le texte
d'un livre, — rester absorbé, la plus grande partie
d'une journée d'été, dans une ombre bizarre, s'allon-
geant obliquement sur la tapisserie ou sur le plancher,
— m'oublier une nuit entière à surveiller la flamme
droite d'une lampe ou les braises du foyer, — rêver des
jours entiers sur le parfum d'une fleur, — répéter
d'une manière monotone quelque mot vulgaire, jusqu'à ce que le son, à force d'être répété, cessât de présenter à l'esprit une idée quelconque, — telles étaient
quelques-unes des plus communes et des moins perni-
cieuses aberrations de mes facultés mentales, aberrations qui, sans doute, ne sont pas absolument sans
exemple, mais qui défient certainement toute explication
et toute analyse. » Et le nerveux Auguste Bedloe qui
chaque matin, avant sa promenade, avale sa dose
d'opium, nous avoue que le principal bénéfice qu'il tire
de cet empoisonnement quotidien, est de prendre à
toute chose, même à la plus triviale, un intérêt exagéré :
« Cependant l'opium avait produit son effet accoutumé,
qui est de revêtir tout le monde extérieur d'une intensité d'intérêt. Dans le tremblement d'une feuille,
— dans la couleur d'un brin d'herbe, — dans la forme
d'un trèfle, — dans le bourdonnement d'une abeille,
— dans l'éclat d'une goutte de rosée, — dans le soupir
du vent, — dans les vagues odeurs échappées de la
forêt, — se produisait tout un monde d'inspirations,

une procession magnifique et bigarrée de pensées
désordonnées et rapsodiques. »

Ainsi s'exprime, par la bouche de ses personnages,
le maître de l'horrible, le prince du mystère. Ces deux
caractéristiques de l'opium sont parfaitement appli-
cables au haschisch; dans l'un comme dans l'autre cas,
l'intelligence, libre naguère, devient esclave; mais le
mot *rapsodique*, qui définit si bien un train de pensées
suggéré et commandé par le monde extérieur et le
hasard des circonstances, est d'une vérité plus vraie et
plus terrible dans le cas du haschisch. Ici, le raisonnement n'est plus qu'une épave à la merci de tous les cou-
rants, et le train de pensées est *infiniment plus* accéléré
et plus *rapsodique*. C'est dire, je crois, d'une manière
suffisamment claire, que le haschisch est, dans son
effet présent, beaucoup plus véhément que l'opium,
beaucoup plus ennemi de la vie régulière, en un mot,
beaucoup plus troublant. J'ignore si dix années
d'intoxication par le haschisch amèneront des désastres
égaux à ceux causés par dix années de régime d'opium;
je dis que, pour l'heure présente et pour le lendemain,
le haschisch a des résultats plus funestes; l'un est un
séducteur paisible, l'autre un démon désordonné.

Je veux, dans cette dernière partie, définir et analyser
le ravage moral causé par cette dangereuse et délicieuse
gymnastique, ravage si grand, danger si profond, que
ceux qui ne reviennent du combat que légèrement
avariés, m'apparaissent comme des braves échappés de
la caverne d'un Protée multiforme, des Orphées vain-
queurs de l'Enfer. Qu'on prenne, si l'on veut, cette
forme de langage pour une métaphore excessive,
j'avouerai que les poisons excitants me semblent non
seulement un des plus terribles et des plus sûrs moyens
dont dispose l'Esprit des Ténèbres pour enrôler et
asservir la déplorable humanité, mais même une de ses
incorporations les plus parfaites.

Cette fois, pour abréger ma tâche et rendre mon
analyse plus claire, au lieu de rassembler des anecdotes
éparses, j'accumulerai sur un seul personnage fictif une
masse d'observations. J'ai donc besoin de supposer
une âme de mon choix. Dans ses *Çonfessions*, De Quincey

affirme avec raison que l'opium, au lieu d'endormir
l'homme, l'excite, mais qu'il ne l'excite que dans sa
voie naturelle, et qu'ainsi, pour juger les merveilles de
l'opium, il serait absurde d'en référer à un marchand
de bœufs ; car celui-ci ne rêvera que bœufs et pâturages.
Or, je n'ai pas à décrire les lourdes fantaisies d'un éle-
veur enivré de haschisch ; qui les lirait avec plaisir ? qui
consentirait à les lire ? Pour idéaliser mon sujet, je dois
en concentrer tous les rayons dans un cercle unique, je
dois les polariser ; et le cercle tragique où je les vais
rassembler sera, comme je l'ai dit, une âme de mon
choix, quelque chose d'analogue à ce que le XVIIIe siècle
appelait l'*homme sensible*, à ce que l'école romantique
nommait l'*homme incompris*, et à ce que les familles et
la masse bourgeoise flétrissent généralement de l'épi-
thète d'*original*.

Un tempérament moitié nerveux, moitié bilieux, tel
est le plus favorable aux évolutions d'une pareille
ivresse ; ajoutons un esprit cultivé, exercé aux études de
la forme et de la couleur ; un cœur tendre, fatigué par le
malheur, mais encore prêt au rajeunissement ; nous
irons, si vous le voulez bien, jusqu'à admettre des
fautes anciennes, et, ce qui doit en résulter dans une
nature facilement excitable, sinon des remords positifs,
au moins le regret du temps profané et mal rempli.
Le goût de la métaphysique, la connaissance des différentes hypothèses de la philosophie sur la destinée
humaine, ne sont certainement pas des compléments
inutiles, — non plus que cet amour de la vertu, de la
vertu abstraite, stoïcienne ou mystique, qui est posé
dans tous les livres dont l'enfance moderne fait sa
nourriture, comme le plus haut sommet où une âme
distinguée puisse monter. Si l'on ajoute à tout cela une
grande finesse de sens que j'ai omise comme condition
surérogatoire, je crois que j'ai rassemblé les éléments
généraux les plus communs de l'homme sensible
moderne, de ce que l'on pourrait appeler la *forme
banale de l'originalité*. Voyons maintenant ce que
deviendra cette individualité poussée à outrance par le
haschisch. Suivons cette procession de l'imagination
humaine jusque sous son dernier et plus splendide repo-

soir, jusqu'à la croyance de l'individu en sa propre divinité.

Si vous êtes une de ces âmes, votre amour inné de la forme et de la couleur trouvera tout d'abord une pâture immense dans les premiers développements de votre ivresse. Les couleurs prendront une énergie inaccoutumée et entreront dans le cerveau avec une intensité victorieuse. Délicates, médiocres, ou même mauvaises, les peintures des plafonds revêtiront une vie effrayante; les plus grossiers papiers peints qui tapissent les murs des auberges se creuseront comme de splendides dioramas. Les nymphes aux chairs éclatantes vous regardent avec de grands yeux plus profonds et plus limpides que le ciel et l'eau; les personnages de l'antiquité, affublés de leurs costumes sacerdotaux ou militaires, échangent avec vous par le simple regard de solennelles confidences. La sinuosité des lignes est un langage définitivement clair où vous lisez l'agitation et le désir des âmes. Cependant se développe cet état mystérieux et temporaire de l'esprit, où la profondeur de la vie, hérissée de ses problèmes multiples, se révèle tout entière dans le spectacle, si naturel et si trivial qu'il soit, qu'on a sous les yeux, — où le premier objet venu devient symbole parlant. Fourier et Swedenborg, l'un avec ses *analogies*, l'autre avec ses *correspondances*, se sont incarnés dans le végétal et l'animal qui tombent sous votre regard, et au lieu d'enseigner par la voix, ils vous endoctrinent par la forme et par la couleur. L'intelligence de l'allégorie prend en vous des proportions à vous-même inconnues; nous noterons, en passant, que l'allégorie, ce genre si *spirituel*, que les peintres maladroits nous ont accoutumés à mépriser, mais qui est vraiment l'une des formes primitives et les plus naturelles de la poésie, reprend sa domination légitime dans l'intelligence illuminée par l'ivresse. Le haschisch s'étend alors sur toute la vie comme un vernis magique; il la colore en solennité et en éclaire toute la profondeur. Paysages dentelés, horizons fuyants, perspectives de villes blanchies par la lividité cadavéreuse de l'orage, ou illuminées par les ardeurs concentrées des soleils couchants,

— profondeur de l'espace, allégorie de la profondeur du temps, — la danse, le geste ou la déclamation des comédiens, si vous vous êtes jeté dans un théâtre, — la première phrase venue, si vos yeux tombent sur un livre, — tout enfin, l'universalité des êtres se dresse devant vous avec une gloire nouvelle non soupçonnée jusqu'alors. La grammaire, l'aride grammaire elle-même, devient quelque chose comme une sorcellerie évocatoire; les mots ressuscitent revêtus de chair et d'os, le substantif, dans sa majesté substantielle, l'adjectif, vêtement transparent qui l'habille et le colore comme un glacis, et le verbe, ange du mouvement, qui donne le branle à la phrase. La musique, autre langue chère aux paresseux ou aux esprits profonds qui cherchent le délassement dans la variété du travail, vous parle de vous-même et vous raconte le poème de votre vie : elle s'incorpore à vous, et vous vous fondez en elle. Elle parle votre passion, non pas d'une manière vague et indéfinie, comme elle fait dans vos soirées nonchalantes, un jour d'opéra, mais d'une manière circonstanciée, positive, chaque mouvement du rythme marquant un mouvement connu de votre âme, chaque note se transformant en mot, et le poème entier entrant dans votre cerveau comme un dictionnaire doué de vie.

Il ne faut pas croire que tous ces phénomènes se produisent dans l'esprit pêle-mêle, avec l'accent criard de la réalité et le désordre de la vie extérieure. L'œil intérieur transforme tout et donne à chaque chose le complément de beauté qui lui manque pour qu'elle soit vraiment digne de plaire. C'est aussi à cette phase essentiellement voluptueuse et sensuelle qu'il faut rapporter l'amour des eaux limpides, courantes ou stagnantes, qui se développe si étonnamment dans l'ivresse cérébrale de quelques artistes. Les miroirs deviennent un prétexte à cette rêverie qui ressemble à une soif spirituelle, conjointe à la soif physique qui dessèche le gosier, et dont j'ai parlé précédemment; les eaux fuyantes, les *jeux* d'eau, les cascades harmonieuses, l'immensité bleue de la mer, roulent, chantent, dorment avec un charme inexprimable. L'eau s'étale comme une véritable enchanteresse, et, bien que je ne croie pas beaucoup aux folies furieuses causées par le haschisch, je n'affirmerais pas que la contemplation d'un gouffre limpide fût tout à fait sans danger pour un esprit amoureux de l'espace et du cristal, et que la vieille fable de l'Ondine ne pût devenir pour l'enthousiaste une tragique réalité.

Je crois avoir suffisamment parlé de l'accroissement monstrueux du temps et de l'espace, deux idées toujours connexes, mais que l'esprit affronte alors sans tristesse et sans peur. Il regarde avec un certain délice mélancolique à travers les années profondes, et s'enfonce audacieusement dans d'infinies perspectives. On a bien deviné, je présume, que cet accroissement anormal et tyrannique s'applique également à tous les sentiments et à toutes les idées : ainsi à la bienveillance; j'en ai donné, je crois, un assez bel échantillon; [ainsi à l'idée de beauté] [1]; ainsi à l'amour. L'idée de beauté doit naturellement s'emparer d'une place vaste dans un tempérament spirituel tel que je l'ai supposé. L'harmonie, le balancement des lignes, l'eurythmie dans les mouvements, apparaissent au rêveur comme des nécessités, comme des *devoirs*, non seulement pour tous les êtres de la création, mais pour lui-même, le rêveur, qui se trouve, à cette période de la crise, doué d'une merveilleuse aptitude pour comprendre le rythme immortel et universel. Et si notre fanatique manque de beauté personnelle, ne croyez pas qu'il souffre longtemps de l'aveu auquel il est contraint, ni qu'il se regarde comme une note discordante dans le monde d'harmonie et de beauté improvisé par son imagination. Les sophismes du haschisch sont nombreux et admirables, tendant généralement à l'optimisme, et l'un des principaux, le plus efficace, est celui qui transforme le désir en réalité. Il en est de même sans doute dans maint cas de la vie ordinaire, mais ici avec combien plus d'ardeur et de subtilité! D'ailleurs, comment un être si bien doué pour comprendre l'harmonie, une sorte de prêtre du

1. Ces mots nécessaires au sens ne se lisent ni dans l'édition de 1860 ni dans celle, posthume, de 1869. Nous les rétablissons d'après la *Revue contemporaine*. (Note des éditeurs.)

Beau, pourrait-il faire une exception et une tache dans
sa propre théorie? La beauté morale et sa puissance,
la grâce et ses séductions, l'éloquence et ses prouesses,
toutes ces idées se présentent bientôt comme des cor-
rectifs d'une laideur indiscrète, puis comme des conso-
lateurs, enfin comme des adulateurs parfaits d'un
sceptre imaginaire.

Quant à l'amour, j'ai entendu bien des personnes
animées d'une curiosité de lycéen, chercher à se rensei-
gner auprès de celles à qui était familier l'usage du
haschisch. Que peut être cette ivresse de l'amour, déjà
si puissante à son état naturel, quand elle est enfermée
dans l'autre ivresse, comme un soleil dans un soleil?
Telle est la question qui se dressera dans une foule
d'esprits que j'appellerai les badauds du monde intellectuel. Pour répondre à un sous-entendu déshonnête,
à cette partie de la question qui n'ose pas se produire,
je renverrai le lecteur à Pline, qui a parlé quelque part
des propriétés du chanvre de façon à dissiper sur ce
sujet bien des illusions. On sait, en outre, que l'atonie
est le résultat le plus ordinaire de l'abus que les
hommes font de leurs nerfs et des substances propres
à les exciter. Or, comme il ne s'agit pas ici de puissance
affective, mais d'émotion ou de susceptibilité, je prierai simplement le lecteur de considérer que l'imagination d'un homme nerveux, enivré de haschisch, est
poussée jusqu'à un degré prodigieux, aussi peu déter-
minable que la force extrême possible du vent dans
un ouragan, et ses sens subtilisés à un point presque
aussi difficile à définir. Il est donc permis de croire
qu'une caresse légère, la plus innocente de toutes, une
poignée de main, par exemple, peut avoir une valeur
centuplée par l'état actuel de l'âme et des sens, et les
conduire peut-être, et très rapidement, jusqu'à cette
syncope qui est considérée par les vulgaires mortels
comme le *summum* du bonheur. Mais que le haschisch
réveille, dans une imagination souvent occupée des
choses de l'amour, des souvenirs tendres, auxquels la
douleur et le malheur donnent même un lustre nouveau, cela est indubitable. Il n'est pas moins certain
qu'une forte dose de sensualité se mêle à ces agitations

de l'esprit ; et d'ailleurs il n'est pas inutile de remarquer, ce qui suffirait à constater sur ce point l'immoralité du haschisch, qu'une secte d'Ismaïlites (c'est des Ismaïlites que sont issus les Assassins) égarait ses adorations bien au-delà de l'impartial Lingam, c'est-à-dire jusqu'au culte absolu et exclusif de la moitié féminine du symbole. Il n'y aurait rien que de naturel, chaque homme étant la représentation de l'histoire, de voir une hérésie obscène, une religion monstrueuse se produire dans un esprit qui s'est lâchement livré à la merci d'une drogue infernale, et qui sourit à la dilapidation de ses propres facultés.

Puisque nous avons vu se manifester dans l'ivresse du haschisch une bienveillance singulière appliquée même aux inconnus, une espèce de philanthropie plutôt faite de pitié que d'amour (c'est ici que se montre le premier germe de l'esprit satanique qui se développera d'une manière extraordinaire), mais qui va jusqu'à la crainte d'affliger qui que ce soit, on devine ce que peut devenir la sentimentalité localisée, appliquée à une personne chérie, jouant ou ayant joué un rôle important dans la vie morale du malade. Le culte, l'adoration, la prière, les rêves de bonheur se projettent et s'élancent avec l'énergie ambitieuse et l'éclat d'un feu d'artifice ; comme la poudre et les matières colorantes du feu, ils éblouissent et s'évanouissent dans les ténèbres. Il n'est sorte de combinaison sentimentale à laquelle ne puisse se prêter le souple amour d'un esclave du haschisch. Le goût de la protection, un sentiment de paternité ardente et dévouée peuvent se mêler à une sensualité coupable que le haschisch saura toujours excuser et absoudre. Il va plus loin encore. Je suppose des fautes commises ayant laissé dans l'âme des traces amères, un mari ou un amant ne contemplant qu'avec tristesse (dans son état normal) un passé nuancé d'orages ; ces amertumes peuvent alors se changer en douceurs ; le besoin de pardon rend l'imagination plus habile et plus suppliante, et le remords lui-même, dans ce drame diabolique qui ne s'exprime que par un long monologue, peut agir comme excitant et réchauffer puissamment l'enthousiasme du cœur.

Oui, le remords! Avais-je tort de dire que le haschisch apparaissait, à un esprit vraiment philosophique, comme un parfait instrument satanique? Le remords, singulier ingrédient du plaisir, est bientôt noyé dans la délicieuse contemplation du remords, dans une espèce d'analyse voluptueuse; et cette analyse est si rapide que l'homme, ce diable naturel, pour parler comme les Swedenborgiens, ne s'aperçoit pas combien elle est involontaire, et combien, de seconde en seconde, il se rapproche de la perfection diabolique. Il *admire* son remords et il se glorifie, pendant qu'il est en train de perdre sa liberté.

Voilà donc mon homme supposé, l'esprit de mon choix, arrivé à ce degré de joie et de sérénité où il est *contraint* de s'admirer lui-même. Toute contradiction s'efface, tous les problèmes philosophiques deviennent limpides, ou du moins paraissent tels. Tout est matière à jouissance. La plénitude de sa vie actuelle lui inspire un orgueil démesuré. Une voix parle en lui (hélas! c'est la sienne) qui lui dit : « Tu as maintenant le droit de te considérer comme supérieur à tous les hommes; nul ne connaît et ne pourrait comprendre tout ce que tu penses et tout ce que tu sens; ils seraient même incapables d'apprécier la bienveillance qu'ils t'inspirent. Tu es un roi que les passants méconnaissent, et qui vit dans la solitude de sa conviction : mais que t'importe? Ne possèdes-tu pas ce mépris souverain qui rend l'âme si bonne? »

Cependant nous pouvons supposer que de temps à autre un souvenir mordant traverse et corrompe ce bonheur. Une suggestion fournie par l'extérieur peut ranimer un passé désagréable à contempler. De combien d'actions sottes ou viles le passé n'est-il pas rempli, qui sont véritablement indignes de ce roi de la pensée et qui en souillent la dignité idéale? Croyez que l'homme au haschisch affrontera courageusement ces fantômes pleins de reproches, et même qu'il saura tirer de ces hideux souvenirs de nouveaux éléments de plaisir et d'orgueil. Telle sera l'évolution de son raisonnement : la première sensation de douleur passée, il analysera curieusement cette action ou ce sentiment dont le souvenir a troublé sa glorification actuelle, les motifs qui le faisaient agir alors, les circonstances dont il était environné, et s'il ne trouve pas dans ces circonstances des raisons suffisantes, sinon pour absoudre, au moins pour atténuer son péché, n'imaginez pas qu'il se sente vaincu! J'assiste à son raisonnement comme au jeu d'un mécanisme sous une vitre transparente : « Cette action ridicule, lâche ou vile, dont le souvenir m'a un moment agité, est en complète contradiction avec ma vraie nature, ma nature actuelle, et l'énergie même avec laquelle je la condamne, le soin inquisitorial avec lequel je l'analyse et je la juge, prouvent mes hautes et divines aptitudes pour la vertu. Combien trouverait-on dans le monde d'hommes aussi habiles pour se juger, aussi sévères pour se condamner? » Et non seulement il se condamne, mais il se glorifie. L'horrible souvenir ainsi absorbé dans la contemplation d'une vertu idéale, d'une charité idéale, d'un génie idéal, il se livre candidement à sa triomphante orgie spirituelle. Nous avons vu que, contrefaisant d'une manière sacrilège le sacrement de la pénitence, à la fois pénitent et confesseur, il s'était donné une facile absolution, ou, pis encore, qu'il avait tiré de sa condamnation une nouvelle pâture pour son orgueil. Maintenant, de la contemplation de ses rêves et de ses projets de vertu, il conclut à son aptitude pratique à la vertu; l'énergie amoureuse avec laquelle il embrasse ce fantôme de vertu lui paraît une preuve suffisante, péremptoire, de l'énergie virile nécessaire pour l'accomplissement de son idéal. Il confond complètement le rêve avec l'action, et son imagination s'échauffant de plus en plus devant le spectacle enchanteur de sa propre nature corrigée et idéalisée, substituant cette image fascinatrice de lui-même à son réel individu, si pauvre en volonté, si riche en vanité, il finit par décréter son apothéose en ces termes nets et simples, qui contiennent pour lui tout un monde d'abominables jouissances : « *Je suis le plus vertueux de tous les hommes!* »

Cela ne vous fait-il pas souvenir de Jean-Jacques, qui, lui aussi, après s'être confessé à l'univers, non sans une certaine volupté, a osé pousser le même cri de triomphe (ou du moins la différence est bien petite) avec la même sincérité et la même conviction? L'enthousiasme avec lequel il admirait la vertu, l'attendrissement nerveux qui remplissait ses yeux de larmes, à la vue d'une belle action ou à la pensée de toutes les belles actions qu'il aurait voulu accomplir, suffisaient pour lui donner une idée superlative de sa valeur morale. Jean-Jacques s'était enivré sans haschisch.

Suivrai-je plus loin l'analyse de cette victorieuse monomanie? Expliquerai-je comment, sous l'empire du poison, mon homme se fait bientôt centre de l'univers? comment il devient l'expression vivante et outrée du proverbe qui dit que la passion rapporte tout à elle? Il croit à sa vertu et à son génie; ne devine-t-on pas la fin? Tous les objets environnants sont autant de suggestions qui agitent en lui un monde de pensées, toutes plus colorées, plus vivantes, plus subtiles que jamais, et revêtues d'un vernis magique. « Ces villes magnifiques, se dit-il, où les bâtiments superbes sont échelonnés comme dans les décors, — ces beaux navires balancés par les eaux de la rade dans un désœuvrement nostalgique, et qui ont l'air de traduire notre pensée : Quand partons-nous pour le bonheur? — ces musées qui regorgent de belles formes et de couleurs enivrantes, — ces bibliothèques où sont accumulés les travaux de la Science et les rêves de la Muse, — ces instruments rassemblés qui parlent avec une seule voix, — ces femmes enchanteresses, plus charmantes encore par la science de la parure et l'économie du regard, — toutes ces choses ont été créées *pour moi, pour moi, pour moi!* Pour moi, l'humanité a travaillé, a été martyrisée, immolée, — pour servir de pâture, de *pabulum*, à mon implacable appétit d'émotion, de connaissance et de beauté! » Je saute et j'abrège. Personne ne s'étonnera qu'une pensée finale, suprême, jaillisse du cerveau du rêveur : « *Je suis devenu Dieu!* » qu'un cri sauvage, ardent, s'élance de sa poitrine avec une énergie telle, une telle puissance de projection, que, si les volontés et les croyances d'un homme ivre avaient une vertu efficace, ce cri culbuterait les anges disséminés dans les chemins du ciel : « Je suis un Dieu! » Mais bientôt cet ouragan d'orgueil se transforme en une température de béatitude calme, muette, reposée, et l'universalité des êtres se présente colorée et comme illuminée par une aurore sulfureuse. Si par hasard un vague souvenir se glisse dans l'âme de ce déplorable bienheureux : N'y aurait-il pas un autre Dieu? croyez qu'il se redressera devant *celui-là*, qu'il discutera ses volontés et qu'il l'affrontera sans terreur. Quel est le philosophe français qui, pour railler les doctrines allemandes modernes, disait : « Je suis un dieu qui ait mal dîné? » Cette ironie ne mordrait pas sur un esprit enlevé par le haschisch; il répondrait tranquillement : « Il est possible que j'aie mal dîné, mais je suis un Dieu. »

V

MORALE

Mais le lendemain! le terrible lendemain! tous les
organes relâchés, fatigués, les nerfs détendus, les titil-
lantes envies de pleurer, l'impossibilité de s'appliquer
à un travail suivi, vous enseignent cruellement que
vous avez joué un jeu défendu. La hideuse nature,
dépouillée de son illumination de la veille, ressemble
aux mélancoliques débris d'une fête. La volonté surtout est attaquée, de toutes les facultés la plus précieuse. On dit, et c'est presque vrai, que cette substance
ne cause aucun mal physique, aucun mal grave, du
moins. Mais peut-on affirmer qu'un homme incapable
d'action, et propre seulement aux rêves, se porterait
vraiment bien, quand même tous ses membres seraient
en bon état? Or, nous connaissons assez la nature
humaine pour savoir qu'un homme qui peut, avec une
cuillerée de confiture, se procurer instantanément tous
les biens du ciel et de la terre, n'en gagnera jamais la
millième partie par le travail. Se figure-t-on un Etat
dont tous les citoyens s'enivreraient de haschisch?
Quels citoyens! quels guerriers! quels législateurs!
Même en Orient, où l'usage en est si répandu, il y a
des gouvernements qui ont compris la nécessité de le
proscrire. En effet, il est défendu à l'homme, sous
peine de déchéance et de mort intellectuelle, de déranger les conditions primordiales de son existence et de
rompre l'équilibre de ses facultés avec les milieux où
elles sont destinées à se mouvoir, en un mot, de déranger son destin pour y substituer une fatalité d'un nouveau genre. Souvenons-nous de Melmoth, cet admi-

rable emblème. Son épouvantable souffrance gît dans la disproportion entre ses merveilleuses facultés, acquises instantanément par un pacte satanique, et le milieu où, comme créature de Dieu, il est condamné à vivre. Et aucun de ceux qu'il veut séduire ne consent à lui acheter, aux mêmes conditions, son terrible privilège. En effet, tout homme qui n'accepte pas les conditions de la vie, vend son âme. Il est facile de saisir le rapport qui existe entre les créations sataniques des poètes et les créatures vivantes qui se sont vouées aux excitants. L'homme a voulu être Dieu, et bientôt le voilà, en vertu d'une loi morale incontrôlable, tombé plus bas que sa nature réelle. C'est une âme qui se vend en détail.

Balzac pensait sans doute qu'il n'est pas pour l'homme de plus grande honte ni de plus vive souffrance que l'abdication de sa volonté. Je l'ai vu une fois, dans une réunion où il était question des effets prodigieux du haschisch. Il écoutait et questionnait avec une attention et une vivacité amusantes. Les personnes qui l'ont connu devinent qu'il devait être intéressé. Mais l'idée de penser malgré lui-même le choquait vivement. On lui présenta du dawamesk; il l'examina, le flaira et le rendit sans y toucher. La lutte entre sa curiosité presque enfantine et sa répugnance pour l'abdication se trahissait sur son visage expressif d'une manière frappante. L'amour de la dignité l'emporta. En effet, il est difficile de se figurer le théoricien de la *volonté*, ce jumeau spirituel de Louis Lambert, consentant à perdre une parcelle de cette précieuse *substance*.

Malgré les admirables services qu'ont rendus l'éther et le chloroforme, il me semble qu'au point de vue de la philosophie spiritualiste, la même flétrissure morale s'applique à toutes les inventions modernes qui tendent à diminuer la liberté humaine et l'indispensable douleur. Ce n'est pas sans une certaine admiration que j'entendis une fois le paradoxe d'un officier qui me racontait l'opération cruelle pratiquée sur un général français à El-Aghouat, et dont celui-ci mourut malgré le chloroforme. Ce général était un homme très brave, et même quelque chose de plus, une de ces âmes à qui s'applique naturellement le terme : chevaleresque. « Ce n'était pas, me disait-il, du chloroforme qu'il lui fallait, mais les regards de toute l'armée et la musique des régiments. Ainsi peut-être il eût été sauvé! » Le chirurgien n'était pas de l'avis de cet officier; mais l'aumônier aurait sans doute admiré ces sentiments.

Il est vraiment superflu, après toutes ces considérations, d'insister sur le caractère immoral du haschisch. Que je le compare au suicide, à un suicide lent, à une arme toujours sanglante et toujours aiguisée, aucun esprit raisonnable n'y trouvera à redire. Que je l'assimile à la sorcellerie, à la magie, qui veulent, en opérant sur la matière, et par des arcanes dont rien ne prouve la fausseté non plus que l'efficacité, conquérir une domination interdite à l'homme ou permise seulement à celui qui en est jugé digne, aucune âme philosophique ne blâmera cette comparaison. Si l'Eglise condamne la magie et la sorcellerie, c'est qu'elles militent contre les intentions de Dieu, qu'elles suppriment le travail du temps et veulent rendre superflues les conditions de pureté et de moralité; et qu'elle, l'Eglise, ne considère comme légitimes, comme vrais, que les trésors gagnés par la bonne intention assidue. Nous appelons escroc le joueur qui a trouvé le moyen de jouer à coup sûr; comment nommerons-nous l'homme qui veut acheter, avec un peu de monnaie, le bonheur et le génie? C'est l'infaillibilité même du moyen qui en constitue l'immoralité, comme l'infaillibilité supposée de la magie lui impose son stigmate infernal. Ajouterai-je que le haschisch, comme toutes les joies solitaires, rend l'individu inutile aux hommes et la société superflue pour l'individu, le poussant à s'admirer sans cesse lui-même et le précipitant jour à jour vers le gouffre lumineux où il admire sa face de Narcisse?

Si encore, au prix de sa dignité, de son honnêteté et de son libre arbitre, l'homme pouvait tirer du haschisch de grands bénéfices spirituels, en faire une espèce de machine à penser, un instrument fécond? C'est une question que j'ai souvent entendu poser, et j'y réponds. D'abord, comme je l'ai longuement expliqué, le haschisch ne révèle à l'individu rien que l'individu lui-même. Il est vrai que cet individu est pour ainsi dire cubé et poussé à l'extrême, et comme il est également certain que la mémoire des impressions survit à l'orgie, l'espérance de ces *utilitaires* ne paraît pas au premier aspect tout à fait dénuée de raison. Mais je les prierai d'observer que les pensées, dont ils comptent tirer un si grand parti, ne sont pas réellement aussi belles qu'elles le paraissent sous leur travestissement momentané et recouvertes d'oripeaux magiques. Elles tiennent de la terre plutôt que du ciel, et doivent une grande partie de leur beauté à l'agitation nerveuse, à l'avidité avec laquelle l'esprit se jette sur elles. Ensuite, cette espérance est un cercle vicieux : admettons un instant que le haschisch donne, ou du moins augmente le génie, ils oublient qu'il est de la nature du haschisch de diminuer la volonté, et qu'ainsi il accorde d'un côté ce qu'il retire de l'autre, c'est-à-dire l'imagination sans la faculté d'en profiter. Enfin il faut songer, en supposant un homme assez adroit et assez vigoureux pour se soustraire à cette alternative, à un autre danger, fatal, terrible, qui est celui de toutes les accoutumances. Toutes se transforment bientôt en nécessités. Celui qui aura recours à un poison *pour* penser ne pourra bientôt plus penser *sans* poison. Se figure-t-on le sort affreux d'un homme dont l'imagination paralysée ne saurait plus fonctionner sans le secours du haschisch ou de l'opium?

Dans les études philosophiques, l'esprit humain, imitant la marche des astres, doit suivre une courbe qui le ramène à son point de départ. Conclure, c'est fermer un cercle. Au commencement j'ai parlé de cet état merveilleux, où l'esprit de l'homme se trouvait quelquefois jeté comme par une grâce spéciale; j'ai dit qu'aspirant sans cesse à réchauffer ses espérances et à s'élever vers l'infini, il montrait, dans tous les pays et dans tous les temps, un goût frénétique pour toutes les substances, même dangereuses, qui, en exaltant sa personnalité, pouvaient susciter un instant à ses yeux ce paradis d'occasion, objet de tous ses désirs, et enfin que cet esprit hasardeux, poussant, sans le savoir, jusqu'à l'enfer, témoignait ainsi de sa grandeur originelle. Mais l'homme n'est pas si abandonné, si privé de moyens honnêtes pour gagner le ciel, qu'il soit obligé d'invoquer la pharmacie et la sorcellerie; il n'a pas besoin de vendre son âme pour payer les caresses enivrantes et l'amitié des houris. Qu'est-ce qu'un paradis qu'on achète au prix de son salut éternel? Je me figure un homme (dirai-je un brahmane, un poète, ou un philosophe chrétien?) placé sur l'Olympe ardu de la spiritualité; autour de lui les Muses de Raphaël ou de Mantegna, pour le consoler de ses longs jeûnes et de ses prières assidues, combinent les danses les plus nobles, le regardent avec leurs plus doux yeux et leurs sourires les plus éclatants; le divin Apollon, ce maître en tout savoir (celui de Francavilla, d'Albert Dürer, de Goltzius ou de tout autre, qu'importe? N'y a-t-il pas un Apollon, pour tout homme qui le mérite?), caresse de son archet ses cordes les plus vibrantes. Au-dessous de lui, au pied de la montagne, dans les ronces et dans la boue, la troupe des humains, la bande des ilotes, simule les grimaces de la jouissance et pousse des hurlements que lui arrache la morsure du poison; et le poète attristé se dit : « Ces infortunés qui n'ont ni jeûné, ni prié, et qui ont refusé la rédemption par le travail, demandent à la noire magie les moyens de s'élever, d'un seul coup, à l'existence surnaturelle. La magie les dupe et elle allume pour eux un faux bonheur et une fausse lumière; tandis que nous, poètes et philosophes, nous avons régénéré notre âme par le travail successif et la contemplation; par l'exercice assidu de la volonté et la noblesse permanente de l'intention, nous avons créé à notre usage un jardin de vraie beauté. Confiants dans la parole qui dit que la foi transporte les montagnes, nous avons accompli le seul miracle dont Dieu nous ait octroyé la licence! »

UN MANGEUR D'OPIUM

I

PRÉCAUTIONS ORATOIRES

« O juste, subtil et puissant opium! Toi qui, au cœur du pauvre comme du riche, pour les blessures qui ne se cicatriseront jamais et pour les angoisses qui induisent l'esprit en rébellion, apportes un baume adoucissant; éloquent opium! toi qui, par ta puissante rhétorique, désarmes les résolutions de la rage, et qui, pour une nuit, rends à l'homme coupable les espérances de sa jeunesse et ses anciennes mains pures de sang; qui, à l'homme orgueilleux, donnes un oubli passager

Des torts non redressés et des insultes non vengées;

qui cites les faux témoins au tribunal des rêves, pour le triomphe de l'innocence immolée; qui confonds le parjure; qui annules les sentences des juges iniques; — tu bâtis sur le sein des ténèbres, avec les matériaux imaginaires du cerveau, avec un art plus profond que celui de Phidias et de Praxitèle, des cités et des temples qui dépassent en splendeur Babylone et Hékatompylos; et du chaos d'un sommeil plein de songes tu évoques à la lumière du soleil les visages des beautés depuis longtemps ensevelies, et les physionomies familières et bénies, nettoyées des outrages de la tombe. Toi seul, tu donnes à l'homme ces trésors, et tu possèdes les clefs du paradis, ô juste, subtil et puissant opium! » — Mais, avant que l'auteur ait trouvé l'audace de pousser, en l'honneur de son cher opium, ce cri violent comme la reconnaissance de l'amour, que de ruses, que de précautions oratoires! D'abord, c'est l'allégation éternelle de ceux qui ont à faire des aveux compromettants, presque décidés cependant à s'y complaire :

« Grâce à l'application que j'y ai mise, j'ai la confiance que ces mémoires ne seront pas simplement intéressants, mais aussi, et à un degré considérable, utiles et instructifs. C'est positivement dans cette espérance que je les ai rédigés par écrit, et ce sera mon excuse pour avoir rompu cette délicate et honorable réserve, qui empêche la plupart d'entre nous de faire une exhibition publique de nos propres erreurs et infirmités. Rien, il est vrai, n'est plus propre à révolter le sens anglais, que le spectacle d'un être humain, imposant à notre attention ses cicatrices et ses ulcères moraux et arrachant cette pudique draperie dont le temps ou l'indulgence pour la fragilité humaine avait consenti à les revêtir. »

En effet, ajoute-t-il, généralement le crime et la misère reculent loin du regard public, et, même dans le cimetière, ils s'écartent de la population commune, comme s'ils abdiquaient humblement tout droit à la camaraderie avec la grande famille humaine. Mais, dans le cas du *Mangeur d'opium*, il n'y a pas crime, il n'y a que faiblesse, et encore faiblesse si facile à excuser! ainsi qu'il le prouvera dans une biographie préliminaire; ensuite le bénéfice résultant pour autrui des notes d'une expérience achetée à un prix si lourd, peut compenser largement la violence faite à la pudeur morale et créer une exception légitime.

Dans cette adresse au lecteur nous trouvons quelques renseignements sur le peuple mystérieux des mangeurs d'opium, cette nation contemplative perdue au sein de la nation active. Ils sont nombreux, et plus qu'on ne le croit. Ce sont des professeurs, ce sont des philosophes, un lord placé dans la plus haute situation, un sous-secrétaire d'Etat; si des cas aussi nombreux, pris dans la haute classe de la société, sont venus, sans avoir été cherchés, à la connaissance d'un seul individu, quelle statistique effroyable ne pourrait-on pas établir sur la population totale de l'Angleterre! Trois pharmaciens de Londres, dans des quartiers pourtant reculés, affirment (en 1821) que le nombre des *amateurs* d'opium est immense, et que la difficulté de distinguer les personnes qui en ont fait une sorte d'hygiène de celles qui veulent s'en procurer dans un but coupable est pour eux une source d'embarras quotidiens. Mais l'opium est descendu visiter les limbes de la société, et à Manchester, dans l'après-midi du samedi, les comptoirs des droguistes sont couverts de pilules préparées en prévision des demandes du soir. Pour les ouvriers des manufactures l'opium est une volupté économique; car l'abaissement des salaires peut faire de l'ale et des spiritueux une orgie coûteuse. Mais ne croyez pas, quand le salaire remontera, que l'ouvrier anglais abandonne l'opium pour retourner aux grossières joies de l'alcool. La fascination est opérée; la volonté est domptée; le souvenir de la jouissance exercera son éternelle tyrannie.

Si des natures grossières et abêties par un travail journalier et sans charme peuvent trouver dans l'opium de vastes consolations, quel en sera donc l'effet sur un esprit subtil et lettré, sur une imagination ardente et cultivée, surtout si elle a été prématurément labourée par la fertilisante douleur, — sur un cerveau marqué par la rêverie fatale, *touched with pensiveness*, pour me servir de l'étonnante expression de mon auteur? Tel est le sujet du merveilleux livre que je déroulerai comme une tapisserie fantastique sous les yeux du lecteur. J'abrégerai sans doute beaucoup; De Quincey est essentiellement digressif; l'expression *humourist* peut lui être appliquée plus convenablement qu'à tout autre; il compare, en un endroit, sa pensée à un thyrse, simple bâton qui tire toute sa physionomie et tout son charme du feuillage compliqué qui l'enveloppe. Pour que le lecteur ne perde rien des tableaux émouvants qui composent la substance de son volume, l'espace dont je dispose étant restreint, je serai obligé, à mon grand regret, de supprimer bien des hors-d'œuvre très amusants, bien des dissertations exquises, qui n'ont pas directement trait à l'opium, mais ont simplement pour but d'*illustrer* le caractère du mangeur d'opium. Cependant le livre est assez vigoureux pour se faire deviner, même sous cette enveloppe succincte, même à l'état de simple extrait.

L'ouvrage (*Confessions of an English opium-eater, being an extract from the life of a scholar*) est divisé en deux parties : l'une, *Confessions;* l'autre, son complément, *Suspiria de profundis.* Chacune se partage en différentes subdivisions, dont j'omettrai quelques-unes, qui sont comme des corollaires ou des appendices. La division de la première partie est parfaitement simple et logique, naissant du sujet lui-même : *Confessions préliminaires; Voluptés de l'opium; Tortures de l'opium.* Les *Confessions préliminaires*, sur lesquelles j'ai à m'étendre un peu longuement, ont un but facile à deviner. Il faut que le personnage soit connu, qu'il se fasse aimer, apprécier du lecteur. L'auteur, qui a entrepris d'intéresser vigoureusement l'attention avec un sujet en apparence aussi monotone que la description d'une ivresse, tient vivement à montrer jusqu'à quel point il est excusable; il veut créer pour sa personne une sympathie dont profitera tout l'ouvrage. Enfin, et ceci est très important, le récit de certains accidents, vulgaires peut-être en eux-mêmes, mais graves et sérieux en raison de la sensibilité de celui qui les a supportés, devient, pour ainsi dire, la clef des sensations et des visions extraordinaires qui assiégeront plus tard son cerveau. Maint vieillard, penché sur une table de cabaret, se revoit lui-même vivant dans un entourage disparu; son ivresse est faite de sa jeunesse évanouie. De même, les événements racontés dans les *Confessions* usurperont une part importante dans les visions postérieures. Ils ressusciteront comme ces rêves qui ne sont que les souvenirs déformés ou transfigurés des obsessions d'une journée laborieuse.

II

CONFESSIONS PRÉLIMINAIRES

Non, ce ne fut pas pour la recherche d'une volupté coupable et paresseuse qu'il commença à user de l'opium, mais simplement pour adoucir les tortures d'estomac nées d'une habitude cruelle de la faim. Ces angoisses de la famine datent de sa première jeunesse, et c'est à l'âge de vingt-huit ans que le mal et le remède font leur première apparition dans sa vie, après une période assez longue de bonheur, de sécurité et de bien-être. Dans quelles circonstances se produisirent ces angoisses fatales, c'est ce qu'on va voir.

Le futur *mangeur d'opium* avait sept ans quand son père mourut, le laissant à des tuteurs qui lui firent faire sa première éducation dans plusieurs écoles. De très bonne heure il se distingua par ses aptitudes littéraires, particulièrement par une connaissance prématurée de la langue grecque. A treize ans, il écrivait en grec; à quinze, il pouvait non seulement composer des vers grecs en mètres lyriques, mais même converser en grec abondamment et sans embarras, faculté qu'il devait à une habitude journalière d'improviser en grec une traduction des journaux anglais. La nécessité de trouver dans sa mémoire et son imagination une foule de périphrases pour exprimer par une langue morte des idées et des images absolument modernes, avait créé pour lui un dictionnaire toujours prêt, bien autrement complexe et étendu que celui qui résulte de la vulgaire patience des thèmes purement littéraires. « Ce garçon-là, disait un de ses maîtres en le désignant à un étranger, pourrait haranguer une foule athénienne beaucoup mieux

que vous ou moi une foule anglaise. » Malheureusement
notre helléniste précoce fut enlevé à cet excellent maître ;
et, après avoir passé par les mains d'un grossier
pédagogue tremblant toujours que l'enfant ne se fît
le redresseur de son ignorance, il fut remis aux soins
d'un bon et solide professeur, qui, lui aussi, péchait
par le manque d'élégance et ne rappelait en rien
l'ardente et étincelante érudition du premier. Mauvaise
chose, qu'un enfant puisse juger ses maîtres et se
placer au-dessus d'eux. On traduisait Sophocle, et,
avant l'ouverture de la classe, le zélé professeur,
l'*archididascalus*, se préparait avec une grammaire et
un lexique à la lecture des chœurs, purgeant à l'avance
sa leçon de toutes les hésitations et de toutes les difficultés. Cependant le jeune homme (il touchait à ses
dix-sept ans) brûlait d'aller à l'Université, et c'était en
vain qu'il tourmentait ses tuteurs à ce sujet. L'un d'eux,
homme bon et raisonnable, vivait fort loin. Sur les
trois autres, deux avaient remis toute leur autorité
entre les mains du quatrième ; et celui-là nous est
dépeint comme le mentor le plus entêté du monde et le
plus amoureux de sa propre volonté. Notre aventureux
jeune homme prend un grand parti ; il fuira l'école. Il
écrit à une charmante et excellente femme, une amie de
famille sans doute, qui l'a tenu enfant sur ses genoux,
pour lui demander cinq guinées. Une réponse pleine
de grâce maternelle arrive bientôt, avec le double de la
somme demandée. Sa bourse d'écolier contenait
encore deux guinées, et douze guinées représentent une
fortune infinie pour un enfant qui ne connaît pas les
nécessités journalières de la vie. Il ne s'agit plus que
d'exécuter la fuite. Le morceau suivant est un de ceux
que je ne peux pas me résigner à abréger. Il est bon
d'ailleurs que le lecteur puisse de temps en temps
goûter par lui-même la manière pénétrante et *féminine*
de l'auteur.

« Le docteur Johnson fait une observation fort juste
(et pleine de sentiment, ce que malheureusement on ne
peut pas dire de toutes ses observations), c'est que
nous ne faisons jamais sciemment pour la dernière fois,
sans une tristesse au cœur, ce que nous avons depuis

longtemps accoutumance de faire. Je sentis profondément cette vérité, quand j'en vins à quitter un lieu que je n'aimais pas, et où je n'avais pas été heureux. Le soir qui précéda le jour où je devais le fuir pour jamais, j'entendis avec tristesse résonner dans la vieille et haute salle de la classe la prière du soir ; car je l'entendais pour la dernière fois ; et la nuit venue, quand on fit l'appel, mon nom ayant été, comme d'habitude, appelé le premier, je m'avançai, et, passant devant le principal qui était présent, je le saluai ; je le regardais curieusement au visage, et je pensais en moi-même : Il est vieux et infirme, et je ne le verrai plus en ce monde ! J'avais raison, car je ne l'ai pas revu et je ne le reverrai jamais. Il me regarda complaisamment, avec un bon sourire, me rendit mon salut, ou plutôt mon adieu, et nous nous quittâmes, sans qu'il s'en doutât, pour toujours. Je ne pouvais pas éprouver un profond respect pour son intelligence ; mais il s'était toujours montré bon pour moi ; il m'avait accordé maintes faveurs, et je souffrais à la pensée de la mortification que l'allais lui infliger.

« Le matin arriva, où je devais me lancer sur la mer du monde, matin d'où toute ma vie subséquente a pris, en grande partie, sa couleur. Je logeais dans la maison du principal, et j'avais obtenu, dès mon arrivée, la faveur d'une chambre particulière, qui me servait également de chambre à coucher et de cabinet de travail. A trois heures et demie, je me levai, et je considérai avec une profonde émotion les anciennes tours de..., parées des premières lueurs, et qui commençaient à s'empourprer de l'éclat radieux d'une matinée de juin sans nuages. J'étais ferme et inébranlable dans mon dessein, mais troublé cependant par une appréhension vague d'embarras et de dangers incertains ; et si j'avais pu prévoir la tempête, la véritable grêle d'affliction qui devait bientôt s'abattre sur moi, j'eusse été à bon droit bien autrement agité. La paix profonde du matin faisait avec ce trouble un contraste attendrissant et lui servait presque de médecine. Le silence était plus profond qu'à minuit ; et pour moi le silence d'un matin d'été est plus touchant que tout autre silence, parce

que la lumière, quoique large et forte, comme celle de
midi dans les autres saisons de l'année, semble différer
du jour parfait surtout en ceci que l'homme n'est pas
encore dehors; et ainsi la paix de la nature et des
innocentes créatures de Dieu semble profonde et
assurée, tant que la présence de l'homme, avec son
esprit inquiet et instable, n'en viendra pas troubler la
sainteté. Je m'habillai, je pris mon chapeau et mes
gants, et je m'attardai quelque temps dans ma chambre.
Depuis un an et demi, cette chambre avait été la cita-
delle de ma pensée; là, j'avais lu et étudié pendant les
longues heures de la nuit; et, bien qu'à dire vrai, pendant la dernière partie de cette période, moi qui étais
fait pour l'amour et les affections douces, j'eusse perdu
ma gaieté et mon bonheur dans la lutte fiévreuse que
j'avais soutenue contre mon tuteur, d'un autre côté
cependant, un garçon comme moi, amoureux des
livres, adonné aux recherches de l'esprit, ne pouvait
pas n'avoir pas joui de quelques bonnes heures, au
milieu même de son découragement. Je pleurais en
regardant autour de moi le fauteuil, la cheminée, la
table à écrire, et autres objets familiers que j'étais trop
sûr de ne pas revoir. Depuis lors jusqu'à l'heure où je
trace ces lignes dix-huit années se sont écoulées, et
cependant, en ce moment même, je vois distinctement,
comme si cela datait d'hier, le contour et l'expression
de l'objet sur lequel je fixais un regard d'adieu; c'était
un portrait de la séduisante... *, qui était suspendu au-
dessus de la cheminée, et dont les yeux et la bouche
étaient si beaux, et toute la physionomie si radieuse de
bonté et de divine sérénité, que j'avais mille fois laissé
tomber ma plume ou mon livre pour demander des
consolations à son image, comme un dévot à son saint
patron. Pendant que je m'oubliais à la contempler, la
voix profonde de l'horloge proclama qu'il était quatre
heures. Je me haussai jusqu'au portrait, je le baisai, et
puis je sortis doucement et je refermai la porte pour
toujours!

« Les occasions de rire et de larmes s'entrelacent et se

* Peut-être la dame aux dix guinées.

mêlent si bien dans cette vie, que je ne puis sans sourire
me rappeler un incident qui se produisit alors et faillit
faire obstacle à l'exécution immédiate de mon plan.
J'avais une malle d'un poids énorme; car, outre mes
habits, elle contenait presque toute ma bibliothèque.
La difficulté était de la faire transporter chez un voi-
turier. Ma chambre était située à une hauteur aérienne,
et ce qu'il y avait de pis, c'est que l'escalier qui condui-
sait à cet angle du bâtiment aboutissait à un corridor
passant devant la porte de la chambre du principal.
J'étais adoré de tous les domestiques, et, sachant que
chacun d'eux s'empresserait à me servir secrètement, je
confiai mon embarras à un valet de chambre du principal. Il jura qu'il ferait tout ce que je voudrais; et
quand le moment fut venu, il monta l'escalier pour
emporter la malle. Je craignais fort que cela ne fût au-
dessus des forces d'un seul homme; mais ce groom
était un gaillard doué

D'épaules atlastiques, faites pour supporter
Le poids des plus puissantes monarchies,

et il avait un dos aussi vaste que les plaines de Salis-
bury. Il s'entêta donc à transporter la malle à lui seul,
pendant que j'attendais au bas du dernier étage, plein
d'anxiété. Durant quelque temps, je l'entendis qui
descendait d'un pas ferme et lent; mais malheureusement, par suite de son inquiétude, comme il se rappro-
chait de l'endroit dangereux, à quelques pas du corridor
son pied glissa, et le puissant fardeau, tombant de ses
épaules, acquit une telle vitesse de descente à chaque
marche de l'escalier qu'en arrivant au bas il roula, ou
plutôt bondit tout droit, avec le vacarme de vingt
démons, contre la porte de la chambre à coucher de
l'*archididascalus*. Ma première idée fut que tout était
perdu et que ma seule chance pour exécuter une
retraite était de sacrifier mon bagage. Néanmoins un
moment de réflexion me décida à attendre la fin de
l'aventure. Le groom était dans une frayeur horrible
pour son propre compte et pour le mien; mais, en dépit
de tout cela, le sentiment du comique s'était, dans ce

malheureux contretemps, si irrésistiblement emparé de son esprit, qu'il éclata de rire, — mais d'un rire prolongé, étourdissant, à toute volée, qui aurait réveillé les *Sept-Dormants*. Aux sons de cette musique de gaieté, qui résonnait aux oreilles mêmes de l'autorité insultée, je ne pus m'empêcher de joindre la mienne, non pas tant à cause de la malheureuse *étourderie* de la malle, qu'à cause de l'effet nerveux produit sur le groom. Nous nous attendions tous les deux, très naturellement, à voir le docteur s'élancer hors de sa chambre; car généralement, s'il entendait remuer une souris, il bondissait comme un mâtin hors de sa niche. Chose singulière, en cette occasion, quand nos éclats de rire eurent cessé, aucun bruit, pas même un frôlement, ne se fit entendre dans la chambre. Le docteur était affligé d'une infirmité douloureuse, qui le tenait quelquefois éveillé, mais qui peut-être, quand il parvenait à s'assoupir, le faisait dormir plus profondément. Encouragé par ce silence, le groom rechargea son fardeau sur ses épaules et effectua le reste de sa descente sans accident. J'attendis jusqu'à ce que j'eusse vu la malle placée sur une brouette, et en route pour la voiture. Alors, sans autre guide que la Providence, je partis à pied, emportant sous mon bras un petit paquet avec quelques objets de toilette, un poète anglais favori dans une poche, et dans l'autre un petit volume in-douze contenant environ neuf pièces d'Euripide. »

Notre écolier avait caressé l'idée de se diriger vers le Westmoreland; mais un accident qu'il ne nous explique pas changea son itinéraire et le jeta dans les Galles du Nord. Après avoir erré quelque temps dans le Denbighshire, le Merionethshire et le Caernarvonshire, il s'installa dans une petite maison fort propre, à B...; mais il en fut bientôt rejeté par un incident où son jeune orgueil se trouva froissé de la manière la plus comique. Son hôtesse avait servi chez un évêque, soit comme gouvernante, soit comme bonne d'enfants. La superbe énorme du clergé anglais s'infiltre généralement non seulement dans les enfants des dignitaires, mais même dans leurs serviteurs. Dans une petite ville comme B..., avoir vécu dans la famille d'un évêque suffisait évidemment pour conférer une sorte de distinction; de sorte que la bonne dame n'avait sans cesse à la bouche que des phrases comme : « Mylord faisait ceci, mylord faisait cela; mylord était un homme indispensable au Parlement, indispensable à Oxford... » Peut-être trouva-t-elle que le jeune homme n'écoutait pas ses discours avec assez de révérence. Un jour elle était allée rendre ses devoirs à l'évêque et à sa famille, et celui-ci l'avait questionnée sur ses petites affaires. Apprenant qu'elle avait loué son appartement, le digne prélat avait pris soin de lui recommander d'être fort difficile sur le choix de ses locataires : « Betty, dit-il, rappelez-vous bien que cet endroit est placé sur la grande route qui mène à la capitale, de sorte qu'il doit vraisemblablement servir d'étape à une foule d'escrocs irlandais qui fuient leurs créanciers d'Angleterre, et d'escrocs anglais qui ont laissé des dettes dans l'île de Man. » Et la bonne dame, en racontant orgueilleusement son entrevue avec l'évêque, ne manqua pas d'ajouter sa réponse : « Oh! mylord, je ne crois vraiment pas que ce gentleman soit un escroc, parce que... » — « Vous ne pensez pas que je sois un escroc! répond le jeune écolier exaspéré; désormais je vous épargnerai la peine de penser à de pareilles choses. » Et il s'apprête à partir. La pauvre hôtesse avait bien envie de mettre les pouces; mais, la colère ayant inspiré à celui-ci quelques termes peu respectueux à l'endroit de l'évêque, toute réconciliation devint impossible. « J'étais, dit-il, véritablement indigné de cette facilité de l'évêque à calomnier une personne qu'il n'avait jamais vue, et j'eus envie de lui faire savoir là-dessus ma pensée en grec, ce qui, tout en fournissant une présomption en faveur de mon honnêteté, aurait en même temps (du moins je l'espérais) fait un devoir à l'évêque de me répondre dans la même langue : auquel cas je ne doutais pas qu'il devînt manifeste que si je n'étais pas aussi riche que Sa Seigneurie, j'étais un bien meilleur helléniste. Des pensées plus saines chassèrent ce projet enfantin... »

Sa vie errante recommence; mais d'auberge en auberge il se trouve rapidement dépouillé de son argent.

Pendant une quinzaine de jours il est réduit à se contenter d'un seul plat par jour. L'exercice et l'air des montagnes, qui agissent vigoureusement sur un jeune estomac, lui rendent ce maigre régime fort douloureux ; car ce repas unique est fait de thé ou de café. Enfin le thé et le café deviennent un luxe impossible, et durant tout son séjour dans le pays de Galles il subsiste uniquement de mûres et de baies d'églantier. De temps à autre une bonne hospitalité coupe, comme une fête, ce régime d'anachorète, et cette hospitalité, il la paye généralement par de petits services d'écrivain public. Il remplit l'office de secrétaire pour les paysans qui ont des parents à Londres ou à Liverpool. Plus souvent ce sont des lettres d'amour que les filles qui ont été servantes, soit à Shrewsbury, soit dans toute autre ville sur la côte d'Angleterre, le chargent de rédiger pour les amoureux qu'elles y ont laissés. Il y a même un épisode de ce genre qui a un caractère touchant. Dans une partie reculée du Merionethshire, à Llan-y-Stindwr, il loge pendant un peu plus de trois jours chez des jeunes gens qui le traitent avec une cordialité charmante ; quatre sœurs et trois frères, tous parlant anglais, et doués d'une élégance et d'une beauté natives tout à fait singulières. Il rédige une lettre pour un des frères, qui, ayant servi sur un navire de guerre, veut réclamer ses parts de prise, et plus secrètement, deux lettres d'amour pour deux des sœurs. Ces naïves créatures, par leur candeur, leur distinction naturelle, et leurs pudiques rougeurs, quand elles dictent leurs instructions, font songer aux grâces limpides et délicates des keepsakes. Il s'acquitte si bien de son devoir que les blanches filles sont tout émerveillées qu'il ait su concilier les exigences de leur orgueilleuse pudeur avec leur envie secrète de dire les choses les plus aimables. Mais un matin il remarque un embarras singulier, presque une affliction ; c'est que les vieux parents reviennent, gens grognons et austères qui s'étaient absentés pour assister à un meeting annuel de méthodistes à Caernarvon. A toutes les phrases que le jeune homme leur adresse, il n'obtient pas d'autre réponse que : « *Dym Sassenach* » (*no English*). « Malgré tout ce que les jeunes gens pouvaient dire en ma faveur, je compris aisément que mes talents pour écrire des lettres d'amour seraient auprès de ces graves méthodistes sexagénaires une aussi pauvre recommandation que mes vers saphiques ou alcaïques. » Et de peur que la gracieuse hospitalité offerte par la jeunesse ne se transforme dans la main de ces rudes vieillards en une cruelle charité, il reprend son singulier pèlerinage.

L'auteur ne nous dit pas par quels moyens ingénieux il réussit, malgré sa misère, à se transporter à Londres. Mais ici la misère, d'âpre qu'elle était, devient positivement terrible, presque une agonie journalière. Qu'on se figure seize semaines de tortures causées par une faim permanente, à peine soulagée par quelques bribes de pain subtilement dérobées à la table d'un homme dont nous aurons à parler tout à l'heure; deux mois passés à la belle étoile; et enfin le sommeil corrompu par des angoisses et des soubresauts intermittents. Certes son équipée d'écolier lui coûtait cher. Quand la saison inclémente arriva comme pour augmenter ces souffrances qui semblaient ne pouvoir s'aggraver, il eut le bonheur de trouver un abri, mais quel abri! L'homme au déjeuner de qui il assistait et à qui il dérobait quelques croûtes de pain (celui-ci le croyait malade et ignorait qu'il fût absolument dénué de tout) lui permit de coucher dans une vaste maison inoccupée dont il était locataire. En fait de meubles, rien qu'une table et quelques chaises; un désert poudreux, plein de rats. Au milieu de cette désolation habitait cependant une pauvre petite fille, non pas idiote, mais plus que simple, non pas jolie certes, et âgée d'une dizaine d'années, à moins toutefois que la faim dont elle était rongée n'eût vieilli prématurément son visage. Etait-ce simplement une servante ou une fille naturelle de l'homme en question, l'auteur ne l'a jamais su. Cette pauvre abandonnée fut bien heureuse quand elle apprit qu'elle aurait désormais un compagnon pour les noires heures de la nuit. La maison était vaste, et l'absence de meubles et de tapisseries la rendait plus sonore; le fourmillement des rats emplissait de bruit les salles et

l'escalier. A travers les douleurs physiques du froid et
de la faim, la malheureuse petite avait su se créer un
mal imaginaire : elle avait peur des revenants. Le jeune
homme lui promit de la protéger contre eux, et, ajoute-
t-il assez drôlement, « c'était tout le secours que je
pouvais lui offrir ». Ces deux pauvres êtres, maigres,
affamés, frissonnants, couchaient sur le plancher avec
des liasses de papiers de procédure pour oreiller, sans
autre couverture qu'un vieux manteau de cavalier. Plus
tard cependant, ils découvrirent dans le grenier une
vieille housse de canapé, un petit morceau de tapis et
quelques autres nippes qui leur firent un peu plus de
chaleur. La pauvre enfant se serrait contre lui pour se
réchauffer et pour se rassurer contre ses ennemis de
l'autre monde. Quand il n'était pas plus malade qu'à
l'ordinaire, il la prenait dans ses bras, et la petite,
réchauffée par ce contact fraternel, dormait souvent
tandis que lui, il n'y pouvait réussir. Car durant ses
deux derniers mois de souffrance il dormait beaucoup
pendant le jour, ou plutôt il tombait dans des somno-
lences soudaines; mauvais sommeil hanté de rêves
tumultueux; sans cesse il s'éveillait, et sans cesse il
s'endormait, la douleur et l'angoisse interrompant violemment le sommeil, et l'épuisement le ramenant irrésistiblement. Quel est l'homme nerveux qui ne connaît
pas ce *sommeil de chien*, comme dit la langue anglaise
dans son elliptique énergie? Car les douleurs morales
produisent des effets analogues à ceux des souffrances
physiques, telles que la faim. On s'entend soi-même
gémir; on est quelquefois réveillé par sa propre voix;
l'estomac va se creusant sans cesse et se contractant
comme une éponge opprimée par une main vigou-
reuse; le diaphragme se rétrécit et se soulève; la respiration manque, et l'angoisse va toujours croissant jusqu'à ce que, trouvant un remède dans l'intensité même
de la douleur, la nature humaine fasse explosion dans
un grand cri et dans un bondissement de tout le corps
qui amène enfin une violente délivrance.

Cependant le maître de la maison arrivait quelquefois soudainement, et de très bonne heure; quelquefois
il ne venait pas du tout. Il était toujours sur le qui-vive,

à cause des huissiers, raffinant le procédé de Cromwell et couchant chaque nuit dans un quartier différent; examinant à travers un guichet la physionomie des gens qui frappaient à la porte; déjeunant seul avec du thé et un petit pain ou quelques biscuits qu'il avait achetés en route, et n'invitant jamais personne. C'est pendant ce déjeuner, merveilleusement frugal, que le jeune homme trouvait subtilement quelque prétexte pour rester dans la chambre et entamer la conversation; puis, avec l'air le plus indifférent qu'il pût se composer, il s'emparait des derniers débris de pain traînant sur la table; mais quelquefois aucune épave ne restait pour lui. Tout avait été englouti. Quant à la petite fille, elle n'était jamais admise dans le cabinet de l'homme, si l'on peut appeler ainsi un capharnaüm de paperasses et de parchemins. A six heures ce personnage mystérieux décampait et fermait sa chambre. Le matin, à peine était-il arrivé que la petite descendait pour vaquer à son service. Quand l'heure du travail et des affaires commençait pour l'homme, le jeune vagabond sortait, et allait errer ou s'asseoir dans les parcs ou ailleurs. A la nuit il revenait à son gîte désolé, et au coup de marteau la petite accourait d'un pas tremblant pour ouvrir la porte d'entrée.

Dans ses années plus mûres, un 15 août, jour de sa naissance, un soir à dix heures, l'auteur a voulu jeter un coup d'œil sur cet asile de ses anciennes misères. A la lueur resplendissante d'un beau salon, il a vu des gens qui prenaient le thé et qui avaient l'air aussi heureux que possible; étrange contraste avec les ténèbres, le froid, le silence et la désolation de cette même bâtisse, lorsque, dix-huit ans auparavant, elle abritait un étudiant famélique et une petite fille abandonnée. Plus tard il fit quelques efforts pour retrouver la trace de cette pauvre enfant. A-t-elle vécu? est-elle devenue mère? Nul renseignement. Il l'aimait comme son associée en misère; car elle n'était ni jolie, ni agréable, ni même intelligente. Pas d'autre séduction qu'un visage humain, la pure humanité réduite à son expression la plus pauvre. Mais, ainsi que l'a dit, je crois, Robespierre, dans son style de glace ardente, recuit et

congelé comme l'abstraction : « L'homme ne voit
jamais l'homme sans plaisir! »

Mais qui était et que faisait cet homme, ce locataire
aux habitudes si mystérieuses? C'était un de ces
hommes d'affaires, comme il y en a dans toutes les
grandes villes, plongés dans des chicanes compliquées,
rusant avec la loi, et ayant remisé pour un certain temps
leur conscience, en attendant qu'une situation plus
prospère leur permette de reprendre l'usage de ce luxe
gênant. S'il le voulait, l'auteur pourrait, nous dit-il,
nous amuser vivement aux dépens de ce malheureux,
et nous raconter des scènes curieuses, des épisodes
impayables; mais il a voulu tout oublier et ne se souvenir que d'une seule chose : c'est que cet homme, si
méprisable à d'autres égards, avait toujours été ser-
viable pour lui, et même généreux, autant du moins
que cela était en son pouvoir. Excepté le sanctuaire aux
paperasses, toutes les chambres étaient à la disposition
des deux enfants, qui chaque soir avaient ainsi un vaste
choix de logements à leur service, et pouvaient, pour
leur nuit, planter leur tente où bon leur semblait.

Mais le jeune homme avait une autre amie dont il
est temps que nous parlions. Je voudrais, pour raconter
dignement cet épisode, dérober, pour ainsi dire, une
plume à l'aile d'un ange, tant ce tableau m'apparaît
chaste, plein de candeur, de grâce et de miséricorde.
« De tout temps, dit l'auteur, je m'étais fait gloire de
converser familièrement, *more socratico*, avec tous les
êtres humains, hommes, femmes et enfants, que le
hasard pouvait jeter dans mon chemin; habitude favorable à la connaissance de la nature humaine, aux bons
sentiments et à la franchise d'allures qui conviennent
à un homme voulant mériter le titre de philosophe.
Car le philosophe ne doit pas voir avec les yeux de
cette pauvre créature bornée qui s'intitule elle-même
l'homme du monde, remplie de préjugés étroits et égoïs-
tiques, mais doit au contraire se regarder comme un
être vraiment *catholique*, en communion et relations
égales avec tout ce qui est en haut et tout ce qui est
en bas, avec les gens instruits, et les gens non éduqués,
avec les coupables comme avec les innocents. » Plus

tard, parmi les jouissances octroyées par le généreux opium, nous verrons se reproduire cet esprit de charité et de fraternité universelles, mais activé et augmenté par le génie particulier de l'ivresse. Dans les rues de Londres, plus encore que dans le pays de Galles, l'étudiant émancipé était donc une espèce de péripatéticien, un philosophe de la rue, méditant sans cesse à travers le tourbillon de la grande cité. L'épisode en question peut paraître un peu étrange dans les pages anglaises, car on sait que la littérature britannique pousse la chasteté jusqu'à la pruderie; mais, ce qui est certain, c'est que le même sujet, effleuré seulement par une plume française, aurait rapidement tourné au *shocking*, tandis qu'ici il n'y a que grâce et décence. Pour tout dire en deux mots, notre vagabond s'était lié d'une amitié platonique avec une *péripatéticienne* de l'amour. Ann n'est pas une de ces beautés hardies, éblouissantes, dont les yeux de démon luisent à travers le brouillard, et qui se font une auréole de leur effronterie. Ann est une créature toute simple, tout ordinaire, dépouillée, abandonnée comme tant d'autres, et réduite à l'abjection par la trahison. Mais elle est revêtue de cette grâce innommable, de cette grâce de la faiblesse et de la bonté, que Gœthe savait répandre sur toutes les femelles de son cerveau, et qui a fait de sa petite Marguerite aux mains rouges une créature immortelle. Que de fois, à travers leurs monotones pérégrinations dans l'interminable Oxford-street, à travers le fourmillement de la grande ville regorgeante d'activité, l'étudiant famélique a-t-il exhorté sa malheureuse amie à implorer le secours d'un magistrat contre le misérable qui l'avait dépouillée, lui offrant de l'appuyer de son témoignage et de son éloquence! Ann était encore plus jeune que lui, elle n'avait que seize ans. Combien de fois le protégea-t-elle contre les officiers de police qui voulaient l'expulser des portes où il s'abritait! Une fois elle fit plus, la pauvre abandonnée : elle et son ami s'étaient assis dans Soho-square, sur les degrés d'une maison devant laquelle depuis lors, avoue-t-il, il n'a jamais pu passer sans se sentir le cœur comprimé par la griffe du souvenir, et sans faire un acte de grâces intérieur à la mémoire de cette déplorable et généreuse jeune fille. Ce jour-là, il s'était senti plus faible encore et plus malade que de coutume; mais, à peine assis, il lui sembla que son mal empirait. Il avait appuyé sa tête contre le sein de sa sœur d'infortune, et, tout d'un coup, il s'échappa de ses bras et tomba à la renverse sur les degrés de la porte. Sans un stimulant vigoureux, c'en était fait de lui, ou du moins il serait tombé pour jamais dans un état de faiblesse irrémédiable. Et dans cette crise de sa destinée, ce fut la créature perdue qui lui tendit la main de salut, elle qui n'avait connu le monde que par l'outrage et l'injustice. Elle poussa un cri de terreur, et, sans perdre une seconde, elle courut dans Oxford-street, d'où elle revint presque aussitôt avec un verre de porto épicé, dont l'action réparatrice fut merveilleuse sur un estomac vide qui n'aurait pu d'ailleurs supporter aucune nourriture solide. « O ma jeune bienfaitrice! combien de fois, dans les années postérieures, jeté dans des lieux solitaires, et rêvant de toi avec un cœur plein de tristesse et de véritable amour, combien de fois ai-je souhaité que la bénédiction d'un cœur oppressé par la reconnaissance eût cette prérogative et cette puissance surnaturelles que les anciens attribuaient à la malédiction d'un père, poursuivant son objet avec la rigueur indéfectible d'une fatalité! — que ma gratitude pût, elle aussi, recevoir du ciel la faculté de te poursuivre, de te hanter, de te guetter, de te surprendre, de t'atteindre jusque dans les ténèbres épaisses d'un bouge de Londres, ou même, s'il était possible, dans les ténèbres du tombeau, pour te réveiller avec un message authentique de paix, de pardon et de finale réconciliation! »

Pour sentir de cette façon, il faut avoir souffert beaucoup, il faut être un de ces cœurs que le malheur ouvre et amollit, au contraire de ceux qu'il ferme et durcit. Le Bédouin de la civilisation apprend dans le Sahara des grandes villes bien des motifs d'attendrissement qu'ignore l'homme dont la sensibilité est bornée par le *home* et la famille. Il y a dans le *barathrum* des capitales, comme dans le Désert, quelque chose qui fortifie et qui façonne le cœur de l'homme, qui le fortifie d'une autre manière, quand il ne le déprave pas et ne l'affaiblit pas jusqu'à l'abjection et jusqu'au suicide.

Un jour, peu de temps après cet accident, il fit dans Albemarle-street la rencontre d'un ancien ami de son père, qui le reconnut à son air de famille; il répondit à toutes ses questions avec candeur, ne lui cacha rien, mais exigea de lui sa parole qu'il ne le livrerait pas à ses tuteurs. Enfin il lui donna son adresse chez son hôte, le singulier attorney. Le jour suivant, il recevait dans une lettre, que celui-ci lui remettait fidèlement, une bank-note de dix livres.

Le lecteur peut s'étonner que le jeune homme n'ait pas cherché dès le principe un remède contre la misère, soit dans un travail régulier, soit en demandant assistance aux anciens amis de sa famille. Quant à cette dernière ressource, il y avait danger évident à s'en servir. Les tuteurs pouvaient être avertis, et la loi leur donnait tout pouvoir pour ramener de force le jeune homme dans l'école qu'il avait fuie. Or, une énergie qui se rencontre souvent dans les caractères les plus féminins et les plus sensibles lui donnait le courage de supporter toutes les privations et tous les dangers plutôt que de risquer une aussi humiliante éventualité. D'ailleurs, où les trouver, ces amis de son père mort il y avait alors dix ans, amis dont il avait oublié les noms, pour la plupart du moins? Quant au travail, il est certain qu'il aurait pu trouver une rémunération passable dans la correction des épreuves de grec, et qu'il se sentait très capable de remplir ces fonctions d'une manière exemplaire; mais encore, comment s'ingénier pour se faire présenter à un éditeur honorable? Enfin, pour tout dire, il avoue qu'il ne lui était jamais entré dans la pensée que le travail littéraire pût devenir pour lui la source d'un profit quelconque. Il n'avait jamais, pour sortir de sa déplorable situation, caressé qu'un seul expédient, celui d'emprunter de l'argent sur la fortune qu'il avait le droit d'attendre. Enfin, il était parvenu à faire la connaissance de quelques juifs, que l'attorney en question servait dans leurs affaires ténébreuses. Leur prouver qu'il avait de réelles espérances, là n'était pas le difficile, ses assertions pouvant être véri-

fiées avec le testament de son père aux *Doctors' com-
mons*. Mais restait une question absolument impré-
vue pour lui, celle de l'identité de personne. Il exhiba
alors quelques lettres que de jeunes amis, entre autres
le comte de..., et même son père le marquis de..., lui
avaient écrites pendant qu'il habitait le pays de Galles,
et qu'il portait toujours dans sa poche. Les juifs dai-
gnèrent enfin promettre deux ou trois cents livres, à la
condition que le jeune comte de... (qui, par parenthèse,
n'était guère plus âgé que lui), consentirait à en garantir
le remboursement à l'époque de leur majorité. On
devine que le but du prêteur n'était pas seulement de
tirer un profit quelconque d'une affaire, fort minime
après tout pour lui, mais d'entrer en relations avec le
jeune comte, dont il connaissait l'immense fortune à
venir. Aussi, à peine ses dix livres reçues, notre jeune
vagabond se prépare-t-il à partir pour Eton. Trois livres
à peu près sont laissées au futur prêteur pour payer les
actes à rédiger; quelque argent est aussi donné à
l'attorney pour l'indemniser de son hospitalité sans
meubles; quinze schellings sont employés à faire un
peu de toilette (quelle toilette!); enfin la pauvre Ann
a aussi sa part dans cette bonne fortune. Par une
sombre soirée d'hiver il se dirige vers Piccadilly, accompagné de la pauvre fille, avec intention de descendre
jusqu'à Salt-Hill avec la malle de Bristol. Comme ils
ont encore du temps devant eux, ils entrent dans
Golden-square et s'asseyent au coin de Sherrard-street,
pour éviter le tumulte et les lumières de Piccadilly. Il
lui avait bien promis de ne pas l'oublier et de lui venir en
aide aussitôt que cela lui serait possible. En vérité
c'était là un devoir, et même un devoir impérieux, et
il sentait dans ce moment sa tendresse pour cette sœur
de hasard multipliée par la pitié que lui inspirait son
extrême abattement. Malgré toutes les atteintes que
sa santé avait reçues, il était, lui, comparativement
joyeux et même plein d'espérances, tandis que Ann
était mortellement triste. Au moment des adieux, elle
lui jeta ses bras autour du cou, et se mit à pleurer sans
prononcer une seule parole. Il espérait revenir au plus
tard dans une semaine, et il fut convenu entre eux qu'à

partir du cinquième soir, et chaque soir suivant, elle
viendrait l'attendre à six heures au bas de Great-
Titchfield-street, qui était comme leur port habituel et
leur lieu de repos dans la grande Méditerranée d'Oxford-street. Il croyait ainsi avoir bien pris toutes ses
précautions pour la retrouver; il n'en avait oublié
qu'une seule : Ann ne lui avait jamais dit son nom de
famille, ou, si elle le lui avait dit, il l'avait oublié
comme chose de peu d'importance. Les femmes
galantes à grandes prétentions, grandes liseuses de
romans, se font appeler volontiers *miss Douglas*,
miss Montague, etc., mais les plus humbles parmi ces
pauvres filles ne se font connaître que par leur nom de
baptême, *Mary*, *Jane*, *Frances*, etc. D'ailleurs Ann
était en ce moment affligée d'un rhume et d'un enroue-
ment violents, et tout occupé dans ce moment suprême
à la réconforter de bonnes paroles et à lui conseiller
de bien prendre garde à son rhume, il oublia totalement
de lui demander son second nom, qui était le moyen
le plus sûr de retrouver sa trace au cas d'un rendez-
vous manqué ou d'une interruption prolongée dans
leurs rapports.

J'abrège vivement les détails du voyage, qui n'est
illustré que par la tendresse et la charité d'un gros som-
melier, sur la poitrine et dans les bras duquel notre
héros, assoupi par sa faiblesse et par le roulis de la
voiture, s'endort comme sur un sein de nourrice, —
et par un long sommeil en plein air entre Slough et
Eton; car il avait été obligé de revenir à pied sur ses
pas, s'étant brusquement réveillé dans les bras de son
voisin, après avoir dépassé sans le savoir Salt-Hill de
six ou sept milles. Arrivé au but du voyage, il apprend
que le jeune lord n'est plus à Eton. En désespoir de
cause, il demande à déjeuner à Lord D..., autre ancien
camarade, avec lequel pourtant sa liaison était beaucoup moins intime. C'était la première bonne table à
laquelle il lui fût permis de s'asseoir depuis bien des
mois, et cependant il ne put toucher à rien. A Londres
déjà, le jour même où il avait reçu sa bank-note, il
avait acheté deux petits pains dans la boutique d'un
boulanger, et cette boutique, il la dévorait des yeux

depuis deux mois ou six semaines avec une intensité
de désir dont le souvenir lui était presque une humiliation. Mais le pain tant désiré l'avait rendu malade, et
pendant plusieurs semaines encore il lui fut impossible
de toucher sans danger à un mets quelconque. Au
milieu même du luxe et du *comfort*, l'appétit avait disparu. Quand il eut expliqué à lord D... la situation
lamentable de son estomac, celui-ci fit demander du
vin, ce qui fut une grande joie. — Quant à l'objet réel
du voyage, le service qu'il se proposait de demander
au comte de..., et qu'il demande à son défaut à lord D...,
il ne peut l'obtenir absolument, c'est-à-dire que celui-ci,
ne voulant pas le mortifier par un complet refus,
consent à donner sa garantie, mais dans de certains
termes et à de certaines conditions. Réconforté par
cette moitié de succès, il rentre dans Londres, après
trois jours d'absence, et retourne chez ses amis les juifs.
Malheureusement, les prêteurs d'argent refusent d'accepter les conditions de lord D..., et son épouvantable
existence aurait pu recommencer, avec plus de danger
cette fois, si au début de cette nouvelle crise, par un
hasard qu'il ne nous explique pas, une ouverture ne
lui avait été faite de la part de ses tuteurs, et si une
pleine réconciliation n'avait pas changé sa vie. Il quitte
Londres en toute hâte, et enfin, au bout de quelque
temps, se rend à l'université. Ce ne fut que plusieurs
mois plus tard qu'il put revoir le théâtre de ses souffrances de jeunesse.

Mais la pauvre Ann, qu'en est-il advenu? Chaque
soir, il l'a cherchée; chaque soir il l'a attendue au coin
de Titchfield-street. Il s'est enquis d'elle auprès de tous
ceux qui pouvaient la connaître; pendant les dernières
heures de son séjour à Londres il a mis en œuvre, pour
la retrouver, tous les moyens à sa disposition. Il
connaissait la rue où elle logeait, mais non la maison;
d'ailleurs il croyait vaguement se rappeler qu'avant leurs
adieux elle avait été obligée de fuir la brutalité de son
hôtelier. Parmi les gens auxquels il s'adressait, les uns,
à l'ardeur de ses questions, jugeaient les motifs de sa
recherche déshonnêtes et ne répondaient que par le
rire; d'autres, croyant qu'il était en quête d'une fille

qui lui avait volé quelque bagatelle, étaient naturellement peu disposés à se faire dénonciateurs. Enfin,
avant de quitter Londres définitivement, il a laissé sa
future adresse à une personne qui connaissait Ann de
vue, et cependant il n'en a plus jamais entendu parler.
Ç'a été parmi les troubles de la vie sa plus lourde
affliction. Notez que l'homme qui parle ainsi est un
homme grave, aussi recommandable par la spiritualité
de ses mœurs que par la hauteur de ses écrits.

« Si elle a vécu, nous avons dû souvent nous chercher mutuellement à travers l'immense labyrinthe de
Londres ; peut-être à quelques pas l'un de l'autre, distance suffisante, dans une rue de Londres, pour créer
une séparation éternelle ! Pendant quelques années, j'ai
espéré qu'elle vivait, et je crois bien que dans mes différentes excursions à Londres j'ai examiné plusieurs
milliers de visages féminins, dans l'espérance de ren-
contrer le sien. Si je la voyais une seconde, je la recon-
naîtrais entre mille ; car, bien qu'elle ne fût pas jolie,
elle avait l'expression douce, avec une allure de tête
particulièrement gracieuse. Je l'ai cherchée, dis-je,
avec espoir. Oui, pendant des années ! mais maintenant
je craindrais de la voir ; et ce terrible rhume, qui
m'effrayait tant quand nous nous quittâmes, fait
aujourd'hui ma consolation. Je ne désire plus la voir,
mais je rêve d'elle, et non sans plaisir, comme d'une
personne étendue depuis longtemps dans le tombeau,
— dans le tombeau d'une Madeleine, j'aimerais à le
croire, — enlevée à ce monde avant que l'outrage et la
barbarie n'aient maculé et défiguré sa nature ingénue,
ou que la brutalité des chenapans n'ait complété la ruine
de celle à qui ils avaient porté les premiers coups.

« Ainsi donc, Oxford-street, marâtre au cœur de
pierre, toi qui as écouté les soupirs des orphelins et
bu les larmes des enfants, j'étais enfin délivré de toi ! Le
temps était venu où je ne serais plus condamné à
arpenter douloureusement tes interminables trottoirs, à
m'agiter dans d'affreux rêves ou dans une insomnie
affamée ! Ann et moi, nous avons eu nos successeurs
trop nombreux qui ont foulé les traces de nos pas ;
héritiers de nos calamités, d'autres orphelins ont sou-

piré; des larmes ont été versées par d'autres enfants; et toi, Oxford-street, tu as depuis lors répété l'écho des gémissements de cœurs innombrables. Mais pour moi la tempête à laquelle j'avais survécu semblait avoir été le gage d'une belle saison prolongée... »

Ann a-t-elle tout à fait disparu? Oh! non! nous la reverrons dans les mondes de l'opium; fantôme étrange et transfiguré, elle surgira lentement dans la fumée du souvenir, comme le génie des *Mille et une Nuits* dans les vapeurs de la bouteille. Quant au *mangeur d'opium*, les douleurs de l'enfance ont jeté en lui des racines profondes qui deviendront arbres, et ces arbres jetteront sur tous les objets de la vie leur ombrage funèbre. Mais ces douleurs nouvelles, dont les dernières pages de la partie biographique nous donnent le pressentiment, seront supportées avec courage, avec la fermeté d'un esprit mûr, et grandement allégées par la sympathie la plus profonde et la plus tendre. Ces pages contiennent l'invocation la plus noble et les actions de grâces les plus tendres à une compagne courageuse, toujours assise au chevet où repose ce cerveau hanté par les Euménides. L'Oreste de l'opium a trouvé son Electre, qui pendant des années a essuyé sur son front les sueurs de l'angoisse et rafraîchi ses lèvres parcheminées par la fièvre. « Car tu fus mon Electre, chère compagne de mes années postérieures! et tu n'as pas voulu que l'épouse anglaise fût vaincue par la sœur grecque en noblesse d'esprit non plus qu'en affection patiente! » Autrefois, dans ses misères de jeune homme, tout en rôdant dans Oxford-street, dans les nuits pleines de lune, il plongeait souvent ses regards (et c'était sa pauvre consolation) dans les avenues qui traversent le cœur de Mary-le-bone et qui conduisent jusqu'à la campagne; et, voyageant en pensée sur ces longues perspectives coupées de lumière et d'ombre, il se disait : « Voilà la route vers le nord, voilà la route vers..., et si j'avais les ailes de la tourterelle, c'est par là que je prendrais mon vol pour aller chercher du réconfort! » Homme, comme tous les hommes, aveugle dans ses désirs! Car c'était là-bas, au nord, en cet endroit même, dans cette même vallée, dans cette maison tant désirée, qu'il devait trouver ses nouvelles souffrances et toute une compagnie de cruels fantômes. Mais là aussi demeure l'Electre aux bontés réparatrices, et maintenant encore, quand, homme solitaire et pensif, il arpente l'immense Londres, le cœur serré par des chagrins innommables qui réclament le doux baume de l'affection domestique, en regardant les rues qui s'élancent d'Oxford-street vers le nord, et en songeant à l'Electre bien-aimée qui l'attend dans cette même vallée, dans cette même maison, l'homme s'écrie, comme autrefois l'enfant : « Oh ! si j'avais les ailes de la tourterelle, c'est par là que je m'envolerais pour aller chercher la consolation ! »

Le prologue est fini, et je puis promettre au lecteur, sans crainte de mentir, que le rideau ne se relèvera que sur la plus étonnante, la plus compliquée et la plus splendide vision qu'ait jamais allumée sur la neige du papier le fragile outil du littérateur.

III

VOLUPTÉS DE L'OPIUM

Ainsi que je l'ai dit au commencement, ce fut le besoin d'alléger les douleurs d'une organisation débilitée par ces déplorables aventures de jeunesse, qui engendra chez l'auteur de ces mémoires l'usage fréquent d'abord, ensuite quotidien, de l'opium. Que l'envie irrésistible de renouveler les voluptés mystérieuses découvertes dès le principe l'ait induit à répéter fréquemment ses expériences, il ne le nie pas, il l'avoue même avec candeur; il invoque seulement le bénéfice d'une excuse. Mais la première fois que lui et l'opium firent connaissance, ce fut dans une circonstance triviale. Pris un jour d'un mal de dents, il attribua ses douleurs à une interruption d'hygiène, et, comme il avait, depuis l'enfance, l'habitude de plonger chaque jour sa tête dans l'eau froide, il eut imprudemment recours à cette pratique, dangereuse dans le cas présent. Puis il se recoucha, les cheveux tout ruisselants. Il en résulta une violente douleur rhumatismale dans la tête et dans la face, qui ne dura pas moins de vingt jours. Le vingt et unième, un dimanche pluvieux d'automne, en 1804, comme il errait dans les rues de Londres pour se distraire de son mal (c'était la première fois qu'il revoyait Londres depuis son entrée à l'université), il fit la rencontre d'un camarade qui lui recommanda l'opium. Une heure après qu'il eut absorbé la teinture d'opium, dans la quantité prescrite par le pharmacien, toute douleur avait disparu. Mais ce bénéfice, qui lui avait paru si grand tout à l'heure, n'était plus rien auprès des plaisirs nouveaux qui lui furent

ainsi soudainement révélés. Quel enlèvement de l'esprit!
Quels mondes intérieurs! Etait-ce donc là la panacée,
le *pharmakon népenthès* pour toutes les douleurs
humaines?

« Le grand secret du bonheur sur lequel les philosophes avaient disputé pendant tant de siècles était
donc décidément découvert! On pouvait acheter le
bonheur pour un penny et l'emporter dans la poche
de son gilet; l'extase se laisserait enfermer dans une
bouteille, et la paix de l'esprit pourrait s'expédier par
la diligence! Le lecteur croira peut-être que je veux
rire, mais c'est chez moi une vieille habitude de plai-
santer dans la douleur, et je puis affirmer que celui-là
ne rira pas longtemps, qui aura entretenu commerce
avec l'opium. Ses plaisirs sont même d'une nature
grave et solennelle, et, dans son état le plus heureux, le
mangeur d'opium ne peut pas se présenter avec le
caractère de l'*allegro;* même alors il parle et pense
comme il convient au *penseroso.* »

L'auteur veut avant tout venger l'opium de certaines
calomnies : l'opium n'est pas assoupissant, pour
l'intelligence du moins; il n'enivre pas; si le laudanum,
pris en quantité trop grande, peut enivrer, ce n'est pas
à cause de l'opium, mais de l'esprit qui y est contenu.
Il établit ensuite une comparaison entre les effets de
l'alcool et ceux de l'opium, et il définit très nettement
leurs différences : ainsi le plaisir causé par le vin suit
une marche ascendante, au terme de laquelle il va
décroissant, tandis que l'effet de l'opium, une fois
créé, reste égal à lui-même pendant huit ou dix heures;
l'un, plaisir aigu; l'autre, plaisir chronique; ici, un
flamboiement; là, une ardeur égale et soutenue. Mais la
grande différence gît surtout en ceci, que le vin trouble
les facultés mentales, tandis que l'opium y introduit
l'ordre suprême et l'harmonie. Le vin prive l'homme du
gouvernement de soi-même, et l'opium rend ce gouvernement plus souple et plus calme. Tout le monde
sait que le vin donne une énergie extraordinaire, mais
momentanée, au mépris et à l'admiration, à l'amour
et à la haine. Mais l'opium communique aux facultés
le sentiment profond de la discipline et une espèce de

santé divine. Les hommes ivres de vin se jurent une
amitié éternelle, se serrent les mains et répandent des
larmes, sans que personne puisse comprendre pourquoi ;
la partie sensuelle de l'homme est évidemment montée
à son apogée. Mais l'expansion des sentiments bien-
veillants causée par l'opium n'est pas un accès de fièvre ;
c'est plutôt l'homme primitivement bon et juste,
restauré et réintégré dans son état naturel, dégagé de
toutes les amertumes qui avaient occasionnellement
corrompu son noble tempérament. Enfin, quelque
grands que soient les bénéfices du vin, on peut dire
qu'il frise souvent la folie ou, tout au moins, l'extravagance, et qu'au-delà d'une certaine limite il volati-
lise, pour ainsi dire, et disperse l'énergie intellectuelle ;
tandis que l'opium semble toujours apaiser ce qui a été
agité et concentrer ce qui a été disséminé. En un mot,
c'est la partie purement humaine, trop souvent même
la partie brutale de l'homme, qui, par l'auxiliaire du
vin, usurpe la souveraineté, au lieu que le mangeur
d'opium sent pleinement que la partie épurée de son
être et ses affections morales jouissent de leur maximum de souplesse, et, avant tout, que son intelligence
acquiert une lucidité consolante et sans nuages.

L'auteur nie également que l'exaltation intellectuelle
produite par l'opium soit nécessairement suivie d'un
abattement proportionnel, et que l'usage de cette
drogue engendre, comme conséquence naturelle et
immédiate, une stagnation et une torpeur des facultés.
Il affirme que pendant un espace de dix ans il a toujours joui, dans la journée qui suivait sa débauche,
d'une remarquable santé intellectuelle. Quant à cette
torpeur, dont tant d'écrivains ont parlé, et à laquelle a
surtout fait croire l'abrutissement des Turcs, il affirme
ne l'avoir jamais connue. Que l'opium, conformément
à la qualification sous laquelle il est rangé, agisse vers
la fin comme narcotique, cela est possible ; mais ses
premiers effets sont toujours de stimuler et d'exalter
l'homme, cette élévation de l'esprit ne durant jamais
moins de huit heures ; de sorte que c'est la faute du
mangeur d'opium, s'il ne règle pas sa médication de
manière à faire tomber sur son sommeil naturel

tout le poids de l'influence narcotique. Pour que le
lecteur puisse juger si l'opium est propre à stupéfier
les facultés d'un cerveau anglais, il donnera, dit-il,
deux échantillons de ses jouissances, et traitant la
question par *illustrations* plutôt que par arguments, il
racontera la manière dont il employait souvent *ses
soirées d'opium* à Londres, dans la période de temps
comprise entre 1804 et 1812. Il était alors un rude travailleur, et, tout son temps étant rempli de sévères
études, il croyait bien avoir le droit de chercher de
temps à autre, comme tous les hommes, le soulagement et la récréation qui lui convenaient le mieux.

« Vendredi prochain, s'il plaît à Dieu, je me propose
d'être ivre, » disait le feu duc de..., et notre auteur
fixait ainsi d'avance quand et combien de fois dans un
temps donné il se livrerait à sa débauche favorite.
C'était une fois toutes les trois semaines, rarement plus,
généralement le mardi soir ou le samedi soir, jours
d'opéra. C'étaient les beaux temps de la Grassini. La
musique entrait alors dans ses oreilles, non pas comme
une simple succession logique de sons agréables, mais
comme une série de *memoranda*, comme les accents
d'une sorcellerie qui évoquait devant l'œil de son esprit
toute sa vie passée. La musique interprétée et illuminée
par l'opium, telle était cette débauche intellectuelle,
dont tout esprit un peu raffiné peut aisément concevoir
la grandeur et l'intensité. Beaucoup de gens demandent
quelles sont les idées positives contenues dans les sons;
ils oublient, ou plutôt ils ignorent que la musique, de ce
côté-là parente de la poésie, représente des sentiments
plutôt que des idées; suggérant des idées, il est vrai,
mais ne les contenant pas par elle-même. Toute sa vie
passée vivait, dit-il, en lui, non pas par un effort de la
mémoire, mais comme présente et incarnée dans la
musique; elle n'était plus douloureuse à contempler;
toute la trivialité et la crudité inhérentes aux choses
humaines étaient exclues de cette mystérieuse résurrection, ou fondues et noyées dans une brume idéale, et
ses anciennes passions se trouvaient exaltées, ennoblies,
spiritualisées. Combien de fois dut-il revoir sur ce
second théâtre, allumé dans son esprit par l'opium et

la musique, les routes et les montagnes qu'il avait parcourues, écolier émancipé, et ses aimables hôtes du pays de Galles, et les ténèbres coupées d'éclairs des immenses rues de Londres, et ses mélancoliques amitiés, et ses longues misères consolées par Ann et par l'espoir d'un meilleur avenir! Et puis, dans toute la salle, pendant les intervalles des entractes, les conversations italiennes et la musique d'une langue étrangère parlée par des femmes ajoutaient encore à l'enchantement de cette soirée; car on sait qu'ignorer une langue rend l'oreille plus sensible à son harmonie. De même nul n'est plus apte à savourer un paysage que celui qui le contemple pour la première fois, la nature se présentant alors avec toute son étrangeté, n'ayant pas encore été émoussée par un trop fréquent regard.

Mais quelquefois, le samedi soir, une autre tentation d'un goût plus singulier et non moins enchanteur triomphait de son amour pour l'opéra italien. La jouissance en question, assez alléchante pour rivaliser avec la musique, pourrait s'appeler le dilettantisme dans la charité. L'auteur a été malheureux et singulièrement éprouvé, abandonné tout jeune au tourbillon indifférent d'une grande capitale. Quand même son esprit n'eût pas été, comme le lecteur a dû le remarquer, d'une nature bonne, délicate et affectueuse, on pourrait aisément supposer qu'il a appris, dans ses longues journées de vagabondage et dans ses nuits d'angoisse encore plus longues, à aimer et à plaindre le pauvre. L'ancien écolier veut revoir cette vie des humbles; il veut se plonger au sein de cette foule de déshérités, et, comme le nageur embrasse la mer et entre ainsi en contact plus direct avec la nature, il aspire à prendre, pour ainsi dire, un bain de multitude. Ici, le ton du livre s'élève assez haut pour que je me fasse un devoir de laisser la parole à l'auteur lui-même :

« Ce plaisir, comme je l'ai dit, ne pouvait avoir lieu que le samedi soir. En quoi le samedi soir se distinguait-il de tout autre soir? De quels labeurs avais-je donc à me reposer? quel salaire à recevoir? Et qu'avais-je à m'inquiéter du samedi soir, sinon comme d'une invitation à entendre la Grassini? C'est vrai, très logique lecteur, et ce que vous dites est irréfutable. Mais les hommes donnent un cours varié à leurs sentiments, et, tandis que la plupart d'entre eux témoignent de leur intérêt pour les pauvres en sympathisant d'une manière ou d'une autre avec leurs misères et leurs chagrins, j'étais porté à cette époque à exprimer mon intérêt pour eux en sympathisant avec leurs plaisirs. J'avais récemment vu les douleurs de la pauvreté; je les avais trop bien vues pour aimer à en raviver le souvenir; mais les plaisirs du pauvre, les consolations de son esprit, les délassements de sa fatigue corporelle, ne peuvent jamais devenir une contemplation douloureuse. Or, le samedi soir marque le retour du repos périodique pour le pauvre; les sectes les plus hostiles s'unissent en ce point et reconnaissent ce lien commun de fraternité; ce soir-là presque toute la chrétienté se repose de son labeur. C'est un repos qui sert d'introduction à un autre repos; un jour entier et deux nuits le séparent de la prochaine fatigue. C'est pour cela que le samedi soir il me semble toujours que je suis moi-même affranchi de quelque joug de labeur, que j'ai moi-même un salaire à recevoir, et que je vais pouvoir jouir du luxe du repos. Aussi, pour être témoin, sur une échelle aussi large que possible, d'un spectacle avec lequel je sympathisais si profondément, j'avais coutume, le samedi soir, après avoir pris mon opium, de m'égarer au loin, sans m'inquiéter du chemin ni de la distance, vers tous les marchés où les pauvres se rassemblent pour dépenser leurs salaires. J'ai épié et écouté plus d'une famille, composée d'un homme, de sa femme et d'un ou deux enfants, pendant qu'ils discutaient leurs projets, leurs moyens, la force de leur budget ou le prix d'articles domestiques. Graduellement je me familiarisai avec leurs désirs, leurs embarras ou leurs opinions. Il m'arrivait quelquefois d'entendre des murmures de mécontentement, mais le plus souvent leurs physionomies et leurs paroles exprimaient la patience, l'espoir et la sérénité. Et je dois dire à ce sujet que le pauvre, pris en général, est bien plus philosophe que le riche, en ce qu'il montre une résignation plus prompte et plus gaie à ce qu'il considère comme un mal irrémédiable ou une perte irréparable. Toutes les fois que j'en trouvais l'occasion, ou que je pouvais le faire sans paraître indiscret, je me mêlais à eux, et, à propos du sujet en discussion, je donnais mon avis, qui, s'il n'était pas toujours judicieux, était toujours reçu avec bienveillance. Si les salaires avaient un peu haussé, ou si l'on s'attendait à les voir hausser prochainement, si la livre de pain était un peu moins chère, ou si le bruit courait que les oignons et le beurre allaient bientôt baisser, je me sentais heureux; mais si le contraire arrivait, je tirais de mon opium des moyens de consolation. Car l'opium (semblable à l'abeille qui tire indifféremment ses matériaux de la rose et de la suie des cheminées) possède l'art d'assujettir tous les sentiments et de les régler à son diapason. Quelques-unes de ces promenades m'entraînaient à de grandes distances; car un mangeur d'opium est trop heureux pour observer la fuite du temps. Et quelquefois, dans un effort pour remettre le cap sur mon logis, en fixant, d'après les principes nautiques, mes yeux sur l'étoile polaire, cherchant ambitieusement *mon passage au nord-ouest*, pour éviter de doubler de nouveau tous les caps et les promontoires que j'avais rencontrés dans mon premier voyage, j'entrais soudainement dans des labyrinthes de ruelles, dans des énigmes de culs-de-sac, dans des problèmes de rues sans issue, faits pour bafouer le courage des portefaix et confondre l'intelligence des cochers de fiacre. J'aurais pu croire parfois que je venais de découvrir, moi le premier, quelques-unes de ces *terræ incognitæ*, et je doutais qu'elles eussent été indiquées sur les cartes modernes de Londres. Mais, au bout de quelques années, j'ai payé cruellement toutes ces fantaisies, *alors que la face humaine est venue tyranniser mes rêves*, et quand mes vagabondages perplexes au sein de l'immense Londres se sont reproduits dans mon sommeil, avec un sentiment de perplexité morale et intellectuelle qui apportait la confusion dans ma maison et l'angoisse et le remords dans ma conscience... »

Ainsi l'opium n'engendre pas, de nécessité, l'inaction ou la torpeur, puisqu'au contraire il jetait souvent notre rêveur dans les centres les plus fourmillants de la vie commune. Cependant les théâtres et les marchés ne sont pas généralement les hantises préférées d'un mangeur d'opium, surtout quand il est dans son état parfait de jouissance. La foule est alors pour lui comme une oppression ; la musique elle-même a un caractère sensuel et grossier. Il cherche plutôt la solitude et le silence, comme conditions indispensables de ses extases et de ses rêveries profondes. Si d'abord l'auteur de ces *confessions* s'est jeté dans la foule et dans le courant humain, c'était pour réagir contre un trop vif penchant à la rêverie et à une noire mélancolie, résultat de ses souffrances de jeunesse. Dans les recherches de la science, comme dans la société des hommes, il fuyait une espèce d'hypocondrie. Plus tard, quand sa vraie nature fut rétablie, et que les ténèbres des anciens orages furent dissipées, il crut pouvoir sans danger sacrifier à son goût pour la vie solitaire. Plus d'une fois, il lui est arrivé de passer toute une belle nuit d'été, assis près d'une fenêtre, sans bouger, sans même désirer de changer de place, depuis le coucher jusqu'au lever du soleil ; remplissant ses yeux de la vaste perspective de la mer et d'une grande cité, et son esprit, des longues et délicieuses méditations suggérées par ce spectacle. Une grande allégorie naturelle s'étendait alors devant lui :

« La ville, estompée par la brume et les molles lueurs de la nuit, représentait la terre, avec ses chagrins et ses tombeaux, situés loin derrière, mais non totalement oubliés, ni hors de la portée de ma vue. L'Océan, avec sa respiration éternelle, mais couvé par un vaste calme, personnifiait mon esprit et l'influence qui le gouvernait alors. Il me semblait que, pour la première fois, je me tenais à distance et en dehors du tumulte de la vie ; que le vacarme, la fièvre et la lutte étaient suspendus ; qu'un répit était accordé aux secrètes oppressions de mon cœur ; un repos férié ; une délivrance de tout travail humain. L'espérance qui fleurit dans les chemins de la vie ne contredisait plus la paix qui habite dans les tombes ; les évolutions de mon intelligence me semblaient aussi infatigables que les cieux, et cependant toutes les inquiétudes étaient aplanies par un calme alcyonien; c'était une tranquillité qui semblait le résultat, non pas de l'inertie, mais de l'antagonisme majestueux de forces égales et puissantes; activités infinies, infini repos!

« O juste, subtil et puissant opium!... tu possèdes les clefs du paradis!... »

C'est ici que se dressent ces étranges actions de grâces, élancements de la reconnaissance, que j'ai rapportées textuellement au début de ce travail, et qui pourraient lui servir d'épigraphe. C'est comme le bouquet qui termine la fête. Car bientôt le décor va s'assombrir, et les tempêtes s'amoncelleront dans la nuit.

IV

TORTURES DE L'OPIUM

C'est en 1804 qu'il a fait, pour la première fois, connaissance avec l'opium. Huit années se sont écoulées, heureuses et ennoblies par l'étude. Nous sommes maintenant en 1812. Loin, bien loin d'Oxford, à une distance de deux cent cinquante milles, enfermé dans une retraite au fond des montagnes, que fait maintenant notre héros (certes, il mérite bien ce titre)? Eh mais! il prend de l'opium! Et quoi encore? Il étudie la métaphysique allemande : il lit Kant, Fichte, Schelling. Enseveli dans un petit cottage, avec une seule servante, il voit s'écouler les heures sérieuses et tranquilles. Et pas marié? pas encore. Et toujours de l'opium? chaque samedi soir. Et ce régime a duré impudemment depuis le fameux dimanche pluvieux de 1804? hélas! oui! Mais la santé, après cette longue et régulière débauche? Jamais, dit-il, il ne s'est mieux porté que dans le printemps de 1812. Remarquons que, jusqu'à présent, il n'a été qu'un dilettante, et que l'opium n'est pas encore devenu pour lui une hygiène quotidienne. Les doses ont toujours été modérées et prudemment séparées par un intervalle de quelques jours. Peut-être cette prudence et cette modération avaient-elles retardé l'apparition des terreurs vengeresses. En 1813 commence une ère nouvelle. Pendant l'été précédent un événement douloureux, qu'il ne nous explique pas, avait frappé assez fortement son esprit pour réagir même sur sa santé physique; dès 1813, il était attaqué d'une effrayante irritation de l'estomac, qui ressemblait étonnamment à celle dont il avait tant souffert dans ses nuits d'angoisse, au fond de la maison du procureur, et qui était accompagnée de tous ses anciens rêves morbides. Voici enfin la grande justification! A quoi bon s'étendre sur cette crise et en détailler tous les incidents? La lutte fut longue, les douleurs fatigantes et insupportables, et la délivrance était toujours là, à portée de la main. Je dirais volontiers à tous ceux qui ont désiré un baume, un népenthès, pour des douleurs quotidiennes, troublant l'exercice régulier de leur vie et bafouant tout l'effort de leur volonté, à tous ceux-là, malades d'esprit, malades de corps, je dirais : que celui de vous qui est sans péché, soit d'action, soit d'intention, jette à notre malade la première pierre! Ainsi, c'est chose entendue; d'ailleurs, il vous supplie de le croire, quand il commença à prendre de l'opium quotidiennement, il y avait urgence, nécessité, fatalité; vivre autrement n'était pas possible. Et puis sont-ils donc si nombreux, ces braves qui savent affronter patiemment, avec une énergie renouvelée de minute en minute, la douleur, la torture, toujours présente, jamais fatiguée, en vue d'un bénéfice vague et lointain? Tel qui semble si courageux et si patient n'a pas eu si grand mérite à vaincre, et tel qui a résisté peu de temps a déployé dans ce peu de temps une vaste énergie méconnue. Les tempéraments humains ne sont-ils pas aussi infiniment variés que les doses chimiques? « Dans l'état nerveux où je suis, il m'est aussi impossible de supporter *un moraliste inhumain,* que *l'opium qu'on n'a pas fait bouillir!* » Voilà une belle sentence, une irréfutable sentence. Il ne s'agit plus de circonstances atténuantes, mais de circonstances absolvantes.

Enfin, cette crise de 1813 eut une issue, et cette issue, on la devine. Demander désormais à notre solitaire si tel jour il a pris ou n'a pas pris d'opium, autant s'informer *si ses poumons ont respiré ce jour-là,* ou *si son cœur a accompli ses fonctions.* Plus de carême d'opium, plus de rhamadan, plus d'abstinence! L'opium fait partie de la vie! Peu de temps avant 1816, l'année la plus belle, la plus limpide de son existence, nous dit-il, il était descendu, soudainement et presque sans effort, de trois cent vingt grains d'opium, c'est-à-dire huit mille gouttes de laudanum, par jour, à quarante grains, diminuant ainsi son étrange nourriture des sept huitièmes. Le nuage de profonde mélancolie qui s'était abaissé sur son cerveau se dissipa en un jour comme par magie, l'agilité spirituelle reparut, et il put de nouveau croire au bonheur. Il ne prenait plus que mille gouttes de laudanum par jour (quelle tempérance!). C'était comme un été de la Saint-Martin spirituel. Et il relut Kant, et il le comprit ou crut le comprendre. De nouveau abondait en lui cette légèreté, cette gaieté d'esprit, — tristes mots pour traduire l'intraduisible, — également favorable au travail et à l'exercice de la fraternité. Cet esprit de bienveillance et de complaisance pour le prochain, disons plus, de charité, qui ressemble un peu (cela soit insinué sans intention de manquer de respect à un auteur aussi grave) à la charité des ivrognes, s'exerça un beau jour, de la manière la plus bizarre et la plus spontanée, au profit d'un Malais. — Notez bien ce Malais; nous le reverrons plus tard; il reparaîtra, multiplié d'une manière terrible. Car qui peut calculer la force de reflet et de répercussion d'un incident quelconque dans la vie d'un rêveur? Qui peut penser, sans frémir, à l'infini élargissement des cercles dans les ondes spirituelles agitées par une pierre de hasard? — Donc, un jour, un Malais frappe à la porte de cette retraite silencieuse. Qu'avait à faire un Malais dans les montagnes de l'Angleterre? Peut-être se dirigeait-il vers un port situé à quarante milles de là. La servante, née dans la montagne, qui ne savait pas plus la langue malaise que l'anglais, et qui n'avait jamais vu un turban de sa vie, fut singulièrement épouvantée. Mais, se rappelant que son maître était un savant, et présumant qu'il devait parler toutes les langues de la terre, peut-être même celle de la lune, elle courut le chercher pour le prier d'exorciser le démon qui s'était installé dans la cuisine. C'était un contraste curieux et amusant que celui de ces deux visages se regardant l'un l'autre; l'un, marqué de fierté saxonne, l'autre, de servilité asiatique; l'un, rose et frais; l'autre, jaune et bilieux, illuminé de petits yeux mobiles et inquiets. Le savant, pour sauver son honneur aux yeux de sa ser-

vante et de ses voisins, lui parla en grec; le Malais
répondit sans doute en malais; ils ne s'entendirent pas,
et tout se passa bien. Celui-ci se reposa sur le sol de la
cuisine pendant une heure, et puis il fit mine de se
remettre en route. Le pauvre Asiatique, s'il venait de
Londres à pied, n'avait pas pu, depuis trois semaines,
échanger une pensée quelconque avec une créature
humaine. Pour consoler les ennuis probables de cette
vie solitaire, notre auteur, supposant qu'un homme de
ces contrées devait connaître l'opium, lui fit cadeau,
avant son départ, d'un gros morceau de la précieuse
substance. Peut-on concevoir une manière plus noble
d'entendre l'hospitalité? Le Malais, par l'expression
de sa physionomie, montra bien qu'il connaissait
l'opium, et il ne fit qu'une bouchée d'un morceau qui
aurait pu tuer plusieurs personnes. Il y avait, certes,
de quoi inquiéter un esprit charitable; mais on n'entendit parler dans le pays d'aucun cadavre de Malais
trouvé sur la grande route; cet étrange voyageur était
donc suffisamment familiarisé avec le poison, et le
résultat désiré par la charité avait été obtenu.

Alors, ai-je dit, le mangeur d'opium était encore
heureux; vrai bonheur de savant et de solitaire amoureux du *comfort :* un charmant cottage, une belle
bibliothèque, patiemment et délicatement amassée, et
l'hiver faisant rage dans la montagne. Une jolie habitation ne rend-elle pas l'hiver plus poétique, et l'hiver
n'augmente-t-il pas la poésie de l'habitation? Le blanc
cottage était assis au fond d'une petite vallée fermée
de montagnes suffisamment hautes; il était comme
emmailloté d'arbustes qui répandaient une tapisserie
de fleurs sur les murs et faisaient aux fenêtres un cadre
odorant, pendant le printemps, l'été et l'automne; cela
commençait par l'aubépine et finissait par le jasmin.
Mais la belle saison, la saison du bonheur, pour un
homme de rêverie et de méditation comme lui, c'est
l'hiver, et l'hiver dans sa forme la plus rude. Il y a des
gens qui se félicitent d'obtenir du ciel un hiver bénin,
et qui sont heureux de le voir partir. Mais lui, il
demande annuellement au ciel autant de neige, de
grêle et de gelée qu'il en peut contenir. Il lui faut un

hiver canadien, un hiver russe; il lui en faut pour son
argent. Son nid en sera plus chaud, plus doux, plus
aimé : les bougies allumées à quatre heures, un bon
foyer, de bons tapis, de lourds rideaux ondoyant
jusque sur le plancher, une belle faiseuse de thé, et le
thé depuis huit heures du soir jusqu'à quatre du matin.
Sans hiver, aucune de ces jouissances n'est possible;
tout le *comfort* exige une température rigoureuse; cela
coûte cher d'ailleurs; notre rêveur a donc bien le droit
d'exiger que l'hiver paye honnêtement sa dette, comme
lui la sienne. Le salon est petit et sert à deux fins. On
pourrait plus proprement l'appeler la bibliothèque;
c'est là que sont accumulés cinq mille volumes, achetés
un à un, vraie conquête de la patience. Un grand feu
brille dans la cheminée; sur le plateau sont posées deux
tasses et deux soucoupes; car la charitable Electre qu'il
nous a fait pressentir embellit le cottage de toute la
sorcellerie de ses angéliques sourires. A quoi bon
décrire sa beauté? Le lecteur pourrait croire que cette
puissance de lumière est purement physique et appartient au domaine du pinceau terrestre. Et puis, n'ou-
blions pas la fiole de laudanum, une vaste carafe, ma
foi! car nous sommes trop loin des pharmaciens de
Londres pour renouveler fréquemment notre provi-
sion; un livre de métaphysique allemande traîne sur
la table, qui témoigne des éternelles ambitions intellec-
tuelles du propriétaire. — Paysage de montagnes,
retraite silencieuse, luxe ou plutôt bien-être solide,
vaste loisir pour la méditation, hiver rigoureux, propre
à concentrer les facultés de l'esprit, oui, c'était bien
le bonheur, ou plutôt les dernières lueurs du bonheur,
une intermittence dans la fatalité, un jubilé dans le
malheur; car nous voici touchant à l'époque funeste
où « il faut dire adieu à cette douce béatitude, adieu
pour l'hiver comme pour l'été, adieu aux sourires et
aux rires, adieu à la paix de l'esprit, adieu à l'espérance
et aux rêves paisibles, adieu aux consolations bénies du
sommeil! » Pendant plus de trois ans, notre rêveur sera
comme un exilé, chassé du territoire du bonheur commun, car il est arrivé maintenant à « *une Iliade de calamités, il est arrivé aux tortures de l'opium.* » Sombre

époque, vaste réseau de ténèbres, déchiré à intervalles
par de riches et accablantes visions :

C'était comme si un grand peintre eût trempé
Son pinceau dans la noirceur du tremblement de terre et
                                              [de l'éclipse.

Ces vers de Shelley, d'un caractère si solennel et si
véritablement miltonien, rendent bien la couleur d'un
paysage opiacé, s'il est permis de parler ainsi; c'est
bien là le ciel morne et l'horizon imperméable qui enve-
loppent le cerveau asservi par l'opium. L'infini dans
l'horreur et dans la mélancolie, et, plus mélancolique
que tout, l'impuissance de s'arracher soi-même au supplice!

Avant d'aller plus loin, notre pénitent (nous pour-
rions de temps en temps l'appeler de ce nom, bien
qu'il appartienne, selon toute apparence, à une classe
de pénitents toujours prêts à retomber dans leur
péché) nous avertit qu'il ne faut pas chercher un ordre
très rigoureux dans cette partie de son livre, un ordre
chronologique du moins. Quand il l'écrivit, il était seul
à Londres, incapable de bâtir un récit régulier avec des
amas de souvenirs pesants et répugnants, et exilé loin
des mains amies qui savaient classer ses papiers et
avaient coutume de lui rendre tous les services d'un
secrétaire. Il écrit sans précaution, presque sans pudeur
désormais, se supposant devant un lecteur indulgent,
à quinze ou vingt ans au delà de l'époque présente; et
voulant simplement, avant tout, établir un mémoire
d'une période désastreuse, il le fait avec tout l'effort
dont il est encore capable aujourd'hui, ne sachant trop
si plus tard il en trouvera la force ou l'occasion.

Mais pourquoi, lui dira-t-on, ne pas vous être affranchi des horreurs de l'opium, soit en l'abandonnant,
soit en diminuant les doses? Il a fait de longs et douloureux efforts pour réduire la quantité; mais ceux qui
furent témoins de ces lamentables batailles, de ces agonies successives, furent les premiers à le supplier d'y
renoncer. Pourquoi n'avoir pas diminué la dose d'une
goutte par jour, ou n'en avoir pas atténué la puissance

par une addition d'eau? Il a calculé qu'il lui aurait fallu plusieurs années pour obtenir par ce moyen une victoire incertaine. D'ailleurs tous les amateurs d'opium savent qu'avant de parvenir à un certain degré, on peut toujours réduire la dose sans difficulté, et même avec plaisir, mais que, cette dose une fois dépassée, toute réduction cause des douleurs intenses. Mais pourquoi ne pas consentir à un abattement momentané, de quelques jours? Il n'y a pas d'abattement; ce n'est pas en cela que consiste la douleur. La diminution de l'opium augmente, au contraire, la vitalité; le pouls est meilleur; la santé se perfectionne; mais il en résulte une effroyable irritation de l'estomac, accompagnée de sueurs abondantes et d'une sensation de malaise général, qui naît du manque d'équilibre entre l'énergie physique et la santé de l'esprit. En effet, il est facile de comprendre que le corps, la partie terrestre de l'homme, que l'opium avait victorieusement pacifiée et réduite à une parfaite soumission, veuille reprendre ses droits, pendant que l'empire de l'esprit, qui jusqu'alors avait été uniquement favorisé, se trouve diminué d'autant. C'est un équilibre rompu qui veut se rétablir, et ne peut plus se rétablir sans crise. Même en ne tenant pas compte de l'irritation de l'estomac et des transpirations excessives, il est facile de se figurer l'angoisse d'un homme nerveux, dont la vitalité serait régulièrement réveillée, et l'esprit inquiet et inactif. Dans cette terrible situation, le malade généralement considère le mal comme préférable à la guérison, et donne tête baissée dans sa destinée.

Le mangeur d'opium avait depuis longtemps interrompu ses études. Quelquefois, à la requête de sa femme et d'une autre dame qui venait prendre le thé avec eux, il consentait à lire à haute voix les poésies de Wordsworth. Par accès, il mordait encore momentanément aux grands poètes; mais sa vraie vocation, la philosophie, était complètement négligée. La philosophie et les mathématiques réclament une application constante et soutenue, et son esprit reculait maintenant devant ce devoir journalier avec une intime et désolante conscience de sa faiblesse. Un grand ouvrage, auquel

il avait juré de donner toutes ses forces, et dont le titre
lui avait été fourni par les *reliquiæ* de Spinosa : *De
emendatione humani intellectus*, restait sur le chantier,
inachevé et pendant, avec la tournure désolée de ces
grandes bâtisses entreprises par des gouvernements
prodigues ou des architectes imprudents. Ce qui devait
être, dans la postérité, la preuve de sa force et de son
dévouement à la cause de l'humanité, ne servirait donc
que de témoignage de sa faiblesse et de sa présomption.
Heureusement l'économie politique lui restait encore,
comme un amusement. Bien qu'elle doive être considérée comme une science, c'est-à-dire comme un tout
organique, cependant quelques-unes de ses parties inté-
grantes en peuvent être détachées et considérées isolé-
ment. Sa femme lui lisait de temps à autre les débats
du parlement ou les nouveautés de la librairie en
matière d'économie politique; mais, pour un littérateur
profond et érudit, c'était là une triste nourriture; pour
quiconque a manié la logique, ce sont les rogatons de
l'esprit humain. Un ami d'Edimbourg, cependant, lui
envoya en 1819 un livre de Ricardo, et avant d'avoir
achevé le premier chapitre, se rappelant qu'il avait lui-
même prophétisé la venue d'un législateur de cette
science, il s'écriait : « Voilà l'homme! » L'étonnement
et la curiosité étaient ressuscités. Mais sa plus grande,
sa plus délicieuse surprise était qu'il pût encore s'intéresser à une lecture quelconque. Son admiration pour
Ricardo en fut naturellement augmentée. Un si profond ouvrage était-il véritablement né en Angleterre,
au XIXᵉ siècle? Car il supposait que toute pensée était
morte en Angleterre. Ricardo avait d'un seul coup
trouvé la loi, créé la base; il avait jeté un rayon de
lumière dans tout ce ténébreux chaos de matériaux, où
s'étaient perdus ses devanciers. Notre rêveur tout
enflammé, tout rajeuni, réconcilié avec la pensée et le
travail, se met à écrire, ou plutôt il dicte à sa compagne.
Il lui semblait que l'œil scrutateur de Ricardo avait
laissé fuir quelques vérités importantes, dont l'analyse,
réduite par les procédés algébriques, pouvait faire la
matière d'un intéressant petit volume. De cet effort de
malade résultèrent les *Prolégomènes pour tous les sys-*

*tèmes futurs d'économie politique**. Il avait fait des arrangements avec un imprimeur de province, demeurant à dix-huit milles de son habitation; on avait même, dans le but de composer l'ouvrage plus vite, engagé un compositeur supplémentaire; le livre avait été annoncé deux fois; mais, hélas! il restait une préface à écrire (la fatigue d'une préface!) et une magnifique dédicace à M. Ricardo; quel labeur pour un cerveau débilité par les délices d'une orgie permanente! O humiliation d'un auteur nerveux, tyrannisé par l'atmosphère intérieure! L'impuissance se dressa, terrible, infranchissable, comme les glaces du pôle; tous les arrangements furent contremandés, le compositeur congédié, et les *Prolégomènes*, honteux, se couchèrent, pour longtemps, à côté de leur frère aîné, le fameux livre suggéré par Spinosa.

Horrible situation! avoir l'esprit fourmillant d'idées, et ne plus pouvoir franchir le pont qui sépare les campagnes imaginaires de la rêverie des moissons positives de l'action! Si celui qui me lit maintenant a connu les nécessités de la production, je n'ai pas besoin de lui décrire le désespoir d'un noble esprit, clairvoyant, habile, luttant contre cette damnation d'un genre si particulier. Abominable enchantement! Tout ce que j'ai dit sur l'amoindrissement de la volonté dans mon étude sur le haschisch est applicable à l'opium. Répondre à des lettres? travail gigantesque, remis d'heure en heure, de jour en jour, de mois en mois. Affaires d'argent? harassante puérilité. L'économie domestique est alors plus négligée que l'économie politique. Si un cerveau débilité par l'opium était tout entier débilité, si, pour me servir d'une ignoble locution, il était totalement abruti, le mal serait évidemment moins grand, ou du moins plus tolérable. Mais un mangeur d'opium ne perd aucune de ses aspirations morales; il voit le devoir, il l'aime; il veut remplir toutes les conditions du possible; mais sa puissance d'exécution n'est plus à la hauteur de sa conception.

* Quoi que dise de Quincey sur son impuissance spirituelle, ce livre, ou quelque chose d'analogue ayant trait à Ricardo, a paru postérieurement. Voir le catalogue de ses œuvres complètes.

Exécuter! que dis-je? peut-il même essayer? C'est le
poids d'un cauchemar écrasant toute la volonté. Notre
malheureux devient alors une espèce de Tantale, ardent
à aimer son devoir, impuissant à y courir; un esprit,
un pur esprit, hélas! condamné à désirer ce qu'il ne peut
acquérir; un brave guerrier, insulté dans ce qu'il a de
plus cher, et fasciné par une fatalité qui lui ordonne de
garder le lit, où il se consume dans une rage impuissante!

Ainsi le châtiment était venu, lent mais terrible.
Hélas! ce n'était pas seulement par cette impuissance
spirituelle qu'il devait se manifester, mais aussi par des
horreurs d'une nature plus cruelle et plus positive. Le
premier symptôme qui se fit voir dans l'économie physique du mangeur d'opium est curieux à noter. C'est
le point de départ, le germe de toute une série de douleurs. Les enfants sont, en général, doués de la singulière faculté d'apercevoir, ou plutôt de créer, sur la
toile féconde des ténèbres tout un monde de visions
bizarres. Cette faculté, chez les uns, agit parfois sans
leur volonté. Mais quelques autres ont la puissance de
les évoquer ou de les congédier à leur gré. Par un cas
semblable notre narrateur s'aperçut qu'il redevenait
enfant. Déjà vers le milieu de 1817, cette dangereuse
faculté le tourmentait cruellement. Couché, mais
éveillé, des processions funèbres et magnifiques défi-
laient devant ses yeux; d'interminables bâtiments se
dressaient, d'un caractère antique et solennel. Mais les
rêves du sommeil participèrent bientôt des rêves de la
veille, et tout ce que son œil évoquait dans les ténèbres
se reproduisit dans son sommeil avec une splendeur
inquiétante, insupportable. Midas changeait en or tout
ce qu'il touchait, et se sentait martyrisé par cet ironique privilège. De même le mangeur d'opium trans-
formait en réalités inévitables tous les objets de ses
rêveries. Toute cette fantasmagorie, si belle et si poétique qu'elle fût en apparence, était accompagnée d'une
angoisse profonde et d'une noire mélancolie. Il lui
semblait, chaque nuit, qu'il descendait indéfiniment
dans des abîmes sans lumière, au-delà de toute profondeur connue, sans espérance de pouvoir remonter. Et,
même après le réveil, persistait une tristesse, une déses-

pérance voisine de l'anéantissement. Phénomène analogue à quelques-uns de ceux qui se produisent dans
l'ivresse du haschisch, le sentiment de l'espace et, plus
tard, le sentiment de la durée furent singulièrement
affectés. Monuments et paysages prirent des formes
trop vastes pour ne pas être une douleur pour l'œil
humain. L'espace s'enfla, pour ainsi dire, à l'infini.
Mais l'expansion du temps devint une angoisse encore
plus vive; les sentiments et les idées qui remplissaient
la durée d'une nuit représentaient pour lui la valeur
d'un siècle. En outre les plus vulgaires événements de
l'enfance, des scènes depuis longtemps oubliées, se
reproduisirent dans son cerveau, vivant d'une vie nouvelle. Eveillé, il ne s'en serait peut-être pas souvenu;
mais dans le sommeil, il les *reconnaissait* immédiatement. De même que l'homme qui se noie revoit, dans
la minute suprême de l'agonie, toute sa vie comme
dans un miroir; de même que le damné lit, en une
seconde, le terrible compte rendu de toutes ses pensées
terrestres; de même que les étoiles voilées par la
lumière du jour reparaissent avec la nuit, de même
aussi toutes les inscriptions gravées sur la mémoire
inconsciente reparurent comme par l'effet d'une encre
sympathique.

L'auteur *illustre* les principales caractéristiques de
ses rêves par quelques échantillons d'une nature
étrange et redoutable; un, entre autres, où par la
logique particulière qui gouverne les événements du
sommeil, deux éléments historiques très distants se
juxtaposent dans son cerveau de la manière la plus
bizarre. Ainsi dans l'esprit enfantin d'un campagnard,
une tragédie devient parfois le dénouement de la comé-
die qui a ouvert le spectacle :

« Dans ma jeunesse, et même depuis, j'ai toujours
été un grand liseur de Tite-Live; il a toujours fait un
de mes plus chers délassements; j'avoue que je le préfère, pour la matière et pour le style, à tout autre histo-
rien romain, et j'ai senti toute l'effrayante et solennelle
sonorité, toute l'énergique représentation de la majesté
du peuple romain dans ces deux mots qui reviennent
si souvent à travers les récits de Tite-Live : *Consul*

Romanus; particulièrement quand le consul se présente avec son caractère militaire. Je veux dire que les mots : roi, sultan, régent, ou tous autres titres appartenant aux hommes qui personnifient en eux la majesté d'un grand peuple, n'avaient pas puissance pour m'inspirer le même respect. Bien que je ne sois pas un grand liseur de choses historiques, je m'étais également familiarisé, d'une manière minutieuse et critique, avec une certaine période de l'histoire d'Angleterre, la période de la guerre du Parlement, qui m'avait attiré par la grandeur morale de ceux qui y ont figuré et par les nombreux mémoires intéressants qui ont survécu à ces époques troublées. Ces deux parties de mes lectures de loisir, ayant souvent fourni matière à mes réflexions, fournissaient maintenant une pâture à mes rêves. Il m'est arrivé souvent de voir, pendant que j'étais éveillé, une sorte de répétition de théâtre, se peignant plus tard sur les ténèbres complaisantes, — une foule de dames, — peut-être une fête et des danses. Et j'entendais qu'on disait, ou je me disais à moi-même : « Ce sont les femmes et les filles de ceux qui s'assemblaient dans la paix, qui s'asseyaient aux mêmes tables, et qui étaient alliés par le mariage ou par le sang; et cependant, depuis un certain jour d'août 1642, ils ne se sont plus jamais souri et ne se sont désormais rencontrés que sur les champs de bataille; et à Marston-Moor, à Newbury ou à Naseby, ils ont tranché tous les liens de l'amour avec le sabre cruel, et ils ont effacé avec le sang le souvenir des amitiés anciennes. » Les dames dansaient, et elles semblaient aussi séduisantes qu'à la cour de George IV. Cependant je savais, même dans mon rêve, qu'elles étaient dans le tombeau depuis près de deux siècles. Mais toute cette pompe devait se dissoudre soudainement; à un claquement de mains, se faisaient entendre ces mots dont le son me remuait le cœur : *Consul Romanus!* et immédiatement arrivait, balayant tout devant lui, magnifique dans son manteau de campagne, Paul-Emile ou Marius, entouré d'une compagnie de centurions, faisant hisser la tunique rouge au bout d'une lance, et suivi de l'effrayant hourra des légions romaines. »

D'étonnantes et monstrueuses architectures se dressaient dans son cerveau, semblables à ces constructions mouvantes que l'œil du poète aperçoit dans les nuages colorés par le soleil couchant. Mais bientôt à ces rêves de terrasses, de tours, de remparts, montant à des hauteurs inconnues et s'enfonçant dans d'immenses profondeurs, succédèrent des lacs et de vastes étendues d'eau. L'eau devint l'élément obsédant. Nous avons déjà noté, dans notre travail sur le haschisch, cette étonnante prédilection du cerveau pour l'élément liquide et pour ses mystérieuses séductions. Ne dirait-on pas qu'il y a une singulière parenté entre ces deux excitants, du moins dans leurs effets sur l'imagination, ou, si l'on préfère cette explication, que le cerveau humain, sous l'empire d'un excitant, s'éprend plus volontiers de certaines images ? Les eaux changèrent bientôt de caractère, et les lacs transparents, brillants comme des miroirs, devinrent des mers et des océans. Et puis une métamorphose nouvelle fit de ces eaux magnifiques, inquiétantes seulement par leur fréquence et par leur étendue, un affreux tourment. Notre auteur avait trop aimé la foule, s'était trop délicieusement plongé dans les mers de la multitude, pour que la face humaine ne prît pas dans ses rêves une part despotique. Et alors se manifesta ce qu'il a déjà appelé, je crois, *la tyrannie de la face humaine*. « Alors sur les eaux mouvantes de l'Océan commença à se montrer le visage de l'homme ; la mer m'apparut pavée d'innombrables têtes tournées vers le ciel ; des visages furieux, suppliants, désespérés, se mirent à danser à la surface, par milliers, par myriades, par générations, par siècles ; mon agitation devint infinie, et mon esprit bondit et roula comme les lames de l'Océan. »

Le lecteur a déjà remarqué que depuis longtemps l'homme n'évoque plus les images, mais que les images s'offrent à lui, spontanément, despotiquement. Il ne peut pas les congédier ; car la volonté n'a plus de force et ne gouverne plus les facultés. La mémoire poétique, jadis source infinie de jouissances, est devenue un arsenal inépuisable d'instruments de supplices.

En 1818, le Malais dont nous avons parlé le tour-

mentait cruellement; c'était un visiteur insupportable.
Comme l'espace, comme le temps, le Malais s'était
multiplié. Le Malais était devenu l'Asie elle-même;
l'Asie antique, solennelle, monstrueuse et compliquée
comme ses temples et ses religions; où tout, depuis les
aspects les plus ordinaires de la vie jusqu'aux souvenirs
classiques et grandioses qu'elle comporte, est fait pour
confondre et stupéfier l'esprit d'un Européen. Et ce
n'était pas seulement la Chine, bizarre et artificielle,
prodigieuse et vieillotte comme un conte de fées, qui
opprimait son cerveau. Cette image appelait naturellement l'image voisine de l'Inde, si mystérieuse et si
inquiétante pour un esprit d'Occident; et puis la Chine
et l'Inde formaient bientôt avec l'Egypte une triade
menaçante, un cauchemar complexe, aux angoisses
variées. Bref, le Malaïs avait évoqué tout l'immense et
fabuleux Orient. Les pages suivantes sont trop belles
pour que je les abrège :

« J'étais chaque nuit transporté par cet homme au
milieu de tableaux asiatiques. Je ne sais si d'autres personnes partagent mes sentiments en ce point; mais j'ai
souvent pensé que, si j'étais forcé de quitter l'Angleterre et de vivre en Chine, parmi les modes, les
manières et les décors de la vie chinoise, je deviendrais
fou. Les causes de mon horreur sont profondes, et
quelques-unes doivent être communes à d'autres
hommes. L'Asie méridionale est en général un siège
d'images terribles et de redoutables associations
d'idées; seulement comme berceau du genre humain,
elle doit exhaler je ne sais quelle vague sensation
d'effroi et de respect. Mais il existe d'autres raisons.
Aucun homme ne prétendra que les étranges, barbares
et capricieuses superstitions de l'Afrique, ou des tribus
sauvages de toute autre contrée, puissent l'affecter de
la même manière que les vieilles, monumentales,
cruelles et compliquées religions de l'Indoustan.
L'antiquité des choses de l'Asie, de ses institutions, de
ses annales, des modes de sa foi, a pour moi quelque
chose de si frappant, la vieillesse de la race et des noms,
quelque chose de si dominateur, qu'elle suffit pour
annihiler la jeunesse de l'individu. Un jeune Chinois

m'apparaît comme un homme antédiluvien renouvelé.
Les Anglais eux-mêmes, bien qu'ils n'aient pas été
nourris dans la connaissance de pareilles institutions,
ne peuvent s'empêcher de frissonner devant la mystique
sublimité de ces castes, qui ont suivi chacune un cours
à part, et ont refusé de mêler leurs eaux pendant des
périodes de temps immémoriales. Aucun homme ne
peut ne pas être pénétré de respect par les noms du
Gange et de l'Euphrate. Ce qui ajoute beaucoup à de
tels sentiments, c'est que l'Asie méridionale est et a été,
depuis des milliers d'années, la partie de la terre la plus
fourmillante de vie humaine, la grande *officina gentium*.
L'homme, dans ces contrées, pousse comme l'herbe.
Les vastes empires, dans lesquels a toujours été moulée
la population énorme de l'Asie, ajoutent une grandeur de plus aux sentiments que comportent les
images et les noms orientaux. En Chine surtout, négli-
geant ce qu'elle a de commun avec le reste de l'Asie
méridionale, je suis terrifié par les modes de la vie, par
les usages, par une répugnance absolue, par une bar-
rière de sentiments qui nous séparent d'elle et qui sont
trop profonds pour être analysés. Je trouverais plus
commode de vivre avec des lunatiques ou avec des
brutes. Il faut que le lecteur entre dans toutes ces
idées et dans bien d'autres encore, que je ne puis dire ou
que je n'ai pas le temps d'exprimer, pour comprendre
toute l'horreur qu'imprimaient dans mon esprit ces
rêves d'imagerie orientale et de tortures mythologiques.

« Sous les deux conditions connexes de chaleur tropicale et de lumière verticale, je ramassais toutes les
créatures, oiseaux, bêtes, reptiles, arbres et plantes,
usages et spectacles, que l'on trouve communément
dans toute la région des tropiques, et je les jetais pêle-
mêle en Chine ou dans l'Indoustan. Par un sentiment
analogue, je m'emparais de l'Egypte et de tous ses
dieux, et les faisais entrer sous la même loi. Des singes,
des perroquets, des kakatoès me regardaient fixement,
me huaient, me faisaient la grimace, ou jacassaient sur
mon compte. Je me sauvais dans des pagodes, et
j'étais, pendant des siècles, fixé au sommet, ou enfermé
dans des chambres secrètes. J'étais l'idole; j'étais le

prêtre; j'étais adoré; j'étais sacrifié. Je fuyais la colère
de Brahma à travers toutes les forêts de l'Asie; Vishnû
me haïssait; Siva me tendait une embûche. Je tombais
soudainement chez Isis et Osiris; j'avais fait quelque
chose, disait-on, j'avais commis un crime qui faisait
frémir l'ibis et le crocodile. J'étais enseveli, pendant
un millier d'années, dans des bières de pierre, avec des
momies et des sphinx, dans les cellules étroites au cœur
des éternelles pyramides. J'étais baisé par des crocodiles aux baisers cancéreux; et je gisais, confondu
avec une foule de choses inexprimables et visqueuses,
parmi les boues et les roseaux du Nil.

« Je donne ainsi au lecteur un léger extrait de mes
rêves orientaux, dont le monstrueux théâtre me remplissait toujours d'une telle stupéfaction que l'horreur
elle-même y semblait pendant quelque temps absorbée.
Mais tôt ou tard se produisait un reflux de sentiments
où l'étonnement à son tour était englouti, et qui me
livrait non pas tant à la terreur qu'à une sorte de haine
et d'abomination pour tout ce que je voyais. Sur chaque
être, sur chaque forme, sur chaque menace, punition,
incarcération ténébreuse, planait un sentiment d'éternité et d'infini qui me causait l'angoisse et l'oppression
de la folie. Ce n'était que dans ces rêves-là, sauf une ou
deux légères exceptions, qu'entraient les circonstances
de l'horreur physique. Mes terreurs jusqu'alors
n'avaient été que morales et spirituelles. Mais ici les
agents principaux étaient de hideux oiseaux, des ser-
pents ou des crocodiles, principalement ces derniers.
Le crocodile maudit devint pour moi l'objet de plus
d'horreur que presque tous les autres. J'étais forcé de
vivre avec lui, hélas! (c'était toujours ainsi dans mes
rêves) pendant des siècles. Je m'échappais quelquefois,
et je me trouvais dans des maisons chinoises, meublées
de tables en roseau. Tous les pieds des tables et des
canapés semblaient doués de vie; l'abominable tête du
crocodile, avec ses petits yeux obliques, me regardait
partout, de tous les côtés, multipliée par des répétitions
innombrables; et je restais là, plein d'horreur et fasciné. Et ce hideux reptile hantait si souvent mon sommeil que, bien des fois, le même rêve a été interrompu

de la même façon ; j'entendais de douces voix qui me parlaient (j'entends tout, même quand je suis assoupi), et immédiatement je m'éveillais. Il était grand jour, plein midi, et mes enfants se tenaient debout, la main dans la main, à côté de mon lit ; ils venaient me montrer leurs souliers de couleur, leurs habits neufs, me faire admirer leur toilette avant d'aller à la promenade. J'affirme que la transition du maudit crocodile et des autres monstres et inexprimables avortons de mes rêves à ces innocentes créatures, à cette simple enfance *humaine*, était si terrible que, dans la puissante et soudaine révulsion de mon esprit, je pleurais, sans pouvoir m'en empêcher, en baisant leurs visages. »

Le lecteur attend peut-être, dans cette galerie d'impressions anciennes répercutées sur le sommeil, la figure mélancolique de la pauvre Ann. A son tour, la voici. L'auteur a remarqué que la mort de ceux qui nous sont chers, et généralement la contemplation de la mort, affecte bien plus notre âme pendant l'été que dans les autres saisons de l'année. Le ciel y paraît plus élevé, plus lointain, plus infini. Les nuages, par lesquels l'œil apprécie la distance du pavillon céleste, y sont plus volumineux et accumulés par masses plus vastes et plus solides ; la lumière et les spectacles du soleil à son déclin sont plus en accord avec le caractère de l'infini. Mais la principale raison, c'est que la prodigalité exubérante de la vie estivale fait un contraste plus violent avec la stérilité glacée du tombeau. D'ailleurs, deux idées qui sont en rapport d'antagonisme s'appellent réciproquement, et l'une suggère l'autre. Aussi l'auteur nous avoue que, dans les interminables journées d'été, il lui est difficile de ne pas penser à la mort ; et l'idée de la mort d'une personne connue ou chérie assiège son esprit plus obstinément pendant la saison splendide. Il lui sembla, un jour, qu'il était debout à la porte de son cottage ; c'était (dans son rêve) un dimanche matin du mois de mai, un dimanche de Pâques, ce qui ne contredit en rien l'almanach des rêves. Devant lui s'étendait le paysage connu, mais agrandi, mais solennisé par la magie du sommeil. Les montagnes étaient plus élevées que les Alpes, et les prairies et les bois,

situés à leurs pieds, infiniment plus étendus; les haies,
parées de roses blanches. Comme c'était de fort
grand matin, aucune créature vivante ne se faisait voir,
excepté les bestiaux qui se reposaient dans le cimetière
sur des tombes verdoyantes, et particulièrement
autour de la sépulture d'un enfant qu'il avait tendre-
ment chéri (cet enfant avait été réellement enseveli ce
même été; et un matin, avant le lever du soleil, l'auteur
avait réellement vu ces animaux se reposer auprès de
cette tombe). Il se dit alors : « Il y a encore assez longtemps à attendre avant le lever du soleil; c'est aujour-
d'hui dimanche de Pâques; c'est le jour où l'on célèbre
les premiers fruits de la résurrection. J'irai me pro-
mener dehors; j'oublierai aujourd'hui mes vieilles
peines; l'air est frais et calme; les montagnes sont
hautes et s'étendent au loin vers le ciel; les clairières de
la forêt sont aussi paisibles que le cimetière; la rosée
lavera la fièvre de mon front, et ainsi je cesserai enfin
d'être malheureux. » Et il allait ouvrir la porte du
jardin, quand le paysage, à gauche, se transforma.
C'était bien toujours un dimanche de Pâques, de grand
matin; mais le décor était devenu oriental. Les cou-
poles et les dômes d'une grande cité dentelaient vaguement l'horizon (peut-être était-ce le souvenir de quelque
image d'une Bible contemplée dans l'enfance). Non
loin de lui, sur une pierre, et ombragée par des palmiers
de Judée, une femme était assise. C'était Ann!

« Elle tint ses yeux fixés sur moi avec un regard
intense, et je lui dis, à la longue : « Je vous ai donc enfin
retrouvée! » J'attendais; mais elle ne me répondit pas
un mot. Son visage était le même que quand je le vis
pour la dernière fois, et pourtant, combien il était différent! Dix-sept ans auparavant, quand la lueur du réver-
bère tombait sur son visage, quand pour la dernière fois
je baisai ses lèvres (tes lèvres, Ann! qui pour moi ne
portaient aucune souillure), ses yeux ruisselaient de
larmes; mais ses larmes étaient maintenant séchées;
elle semblait plus belle qu'elle n'était à cette époque,
mais d'ailleurs en tous points la même, et elle n'avait
pas vieilli. Ses regards étaient tranquilles, mais doués
d'une singulière solennité d'expression, et je la contem-

plais alors avec une espèce de crainte. Tout à coup,
sa physionomie s'obscurcit; me tournant du côté des
montagnes, j'aperçus des vapeurs qui roulaient entre
nous deux; en un instant tout s'était évanoui; d'épaisses
ténèbres arrivèrent; et en un clin d'œil je me trouvai
loin, bien loin des montagnes, me promenant avec
Ann à la lueur des réverbères d'Oxford-street, juste
comme nous nous promenions dix-sept ans auparavant, quand nous étions, elle et moi, deux enfants. »

L'auteur cite encore un spécimen de ses conceptions
morbides, et ce dernier rêve (qui date de 1820) est
d'autant plus terrible qu'il est plus vague, d'une nature
plus insaisissable, et que, tout pénétré qu'il soit d'un
sentiment poignant, il se présente dans le décor mouvant, élastique, de l'indéfini. Je désespère de rendre
convenablement la magie du style anglais :

« Le rêve commençait par une musique que j'entends
souvent dans mes rêves, une musique préparatoire,
propre à réveiller l'esprit et à le tenir en suspens; une
musique semblable à l'ouverture du service du cou-
ronnement, et qui, comme celle-ci, donnait l'impression
d'une vaste marche, d'une défilade infinie de cavalerie
et d'un piétinement d'armées innombrables. Le matin
d'un jour solennel était arrivé, — d'un jour de crise et
d'espérance finale pour la nature humaine, subissant
alors quelque mystérieuse éclipse et travaillée par
quelque angoisse redoutable. Quelque part, je ne sais
pas où, — d'une manière ou d'une autre, je ne savais
pas comment, par n'importe quels êtres, je ne les
connaissais pas, — une bataille, une lutte était livrée, —
une agonie était subie, — qui se développait comme un
grand drame ou un morceau de musique; — et la sympathie que j'en ressentais me devenait un supplice à
cause de mon incertitude du lieu, de la cause, de la
nature et du résultat possible de l'affaire. Ainsi qu'il
arrive d'ordinaire dans les rêves, où nécessairement
nous faisons de nous-mêmes le centre de tout mouvement, j'avais le pouvoir, et cependant je n'avais pas le
pouvoir de la décider; j'avais la puissance, pourvu que
je pusse me hausser jusqu'à vouloir, et néanmoins, je
n'avais pas cette puissance, à cause que j'étais accablé

sous le poids de vingt Atlantiques ou, sous l'oppression d'un crime inexpiable. *Plus profondément que jamais n'est descendu le plomb de la sonde*, je gisais immobile, inerte. Alors, comme un chœur, la passion prenait un son plus profond. Un très grand intérêt était en jeu, une cause plus importante que jamais n'en plaida l'épée ou n'en proclama la trompette. Puis arrivaient de soudaines alarmes; çà et là des pas précipités; des épouvantes de fugitifs innombrables. Je ne savais pas s'ils venaient de la bonne cause ou de la mauvaise : — ténèbres et lumières; — tempêtes et faces humaines; — et à la fin, avec le sentiment que tout était perdu, paraissaient des formes de femmes, des visages que j'aurais voulu reconnaître, au prix du monde entier, et que je ne pouvais entrevoir qu'un seul instant; — et puis des mains crispées, des séparations à déchirer le cœur; — et puis des adieux éternels! et avec un soupir comme celui que soupirèrent les cavernes de l'enfer, quand la mère incestueuse proféra le nom abhorré de la Mort, le son était répercuté : Adieux éternels! et puis, et puis encore, d'écho en écho, répercuté : — Adieux éternels!

« Et je m'éveillais avec des convulsions, et je criais à haute voix : Non! je ne veux plus dormir! »

V

UN FAUX DÉNOUEMENT

De Quincey a singulièrement écourté la fin de son livre, tel, du moins qu'il parut primitivement. Je me rappelle que la première fois que je le lus, il y a de cela bien des années (et je ne connaissais pas la deuxième partie, *Suspiria de profundis*, qui d'ailleurs n'avait pas paru), je me disais de temps à autre : Quel peut être le dénouement d'un pareil livre? La mort? la folie? Mais l'auteur, parlant sans cesse en son nom personnel, est resté évidemment dans un état de santé, qui, s'il n'est pas tout à fait normal et excellent, lui permet néanmoins de se livrer à un travail littéraire. Ce qui me paraissait le plus probable, c'était le *statu quo*; c'était qu'il s'accoutumât à ses douleurs, qu'il prît son parti sur les effets redoutables de sa bizarre hygiène; et enfin je me disais : Robinson peut à la fin sortir de son île; un navire peut aborder à un rivage, si inconnu qu'il soit, et en ramener l'exilé solitaire; mais quel homme peut sortir de l'empire de l'opium? Ainsi, continuais-je en moi-même, ce livre singulier, confession véridique ou pure conception de l'esprit (cette dernière hypothèse étant tout à fait improbable à cause de l'atmosphère de vérité qui plane sur tout l'ensemble et de l'accent inimitable de sincérité qui accompagne chaque détail), est un livre sans dénouement. Il y a évidemment des livres, comme des aventures, sans dénouement. Il y a des situations éternelles; et tout ce qui a rapport à l'irrémédiable, à l'irréparable, rentre dans cette catégorie. Cependant je me souvenais que le *mangeur d'opium* avait annoncé quelque part, au commencement, qu'il

avait réussi finalement *à dénouer, anneau par anneau, la
chaîne maudite qui liait tout son être*. Donc le dénouement était pour moi tout à fait inattendu, et j'avouerai
franchement que, quand je le connus, malgré tout son
appareil de minutieuse vraisemblance, je m'en défiai
instinctivement. J'ignore si le lecteur partagera mon
impression à cet égard; mais je dirai que la manière
subtile, ingénieuse, par laquelle l'infortuné sort du
labyrinthe enchanté où il s'est perdu par sa faute, me
parut une invention en faveur d'un certain *cant* britannique, un sacrifice où la vérité était immolée en
l'honneur de la pudeur et des préjugés publics. Rappelez-vous combien de précautions il a prises avant de
commencer le récit de son *Iliade de maux*, et avec quel
soin il a établi le droit de faire des *confessions*, même
profitables. Tel peuple veut des dénouements *moraux*,
et tel autre des dénouements *consolants*. Ainsi les
femmes, par exemple, ne veulent pas que les méchants
soient récompensés. Que dirait le public de nos
théâtres, s'il ne trouvait pas, à la fin du cinquième acte,
la catastrophe voulue par la justice, qui rétablit l'équilibre normal, ou plutôt utopique, entre toutes les
parties, — cette catastrophe équitable attendue impa-
tiemment pendant quatre longs actes? Bref, je crois
que le public n'aime pas les *impénitents*, et qu'il les
considère volontiers comme des *insolents*. De Quincey a
peut-être pensé de même, et il s'est mis en règle. Si ces
pages, écrites plus tôt, étaient par hasard tombées sous
ses yeux, j'imagine qu'il aurait daigné complaisamment sourire de ma défiance précoce et motivée; en
tout cas, je m'appuie sur son texte, si sincère en toute
autre occasion et si pénétrant, et je pourrais déjà
annoncer ici une certaine *troisième prostration devant
la noire idole* (ce qui implique une deuxième) dont nous
aurons à parler plus tard.

Quoi qu'il en soit, voici ce dénouement. Depuis
longtemps, l'opium ne faisait plus sentir son empire
par des enchantements, mais par des tortures, et ces
tortures (ce qui est parfaitement croyable et en accord
avec toutes les expériences relatives à la difficulté de
rompre de vieilles habitudes, de quelque nature qu'elles

soient) avaient commencé avec les premiers efforts
pour se débarrasser de ce tyran journalier. Entre
deux agonies, l'une venant de l'usage continué, l'autre
de l'hygiène interrompue, l'auteur préféra, nous dit-il,
celle qui impliquait une chance de délivrance. « Combien prenais-je d'opium à cette époque, je ne saurais le
dire ; car l'opium dont j'usais avait été acheté par un
mien ami, qui plus tard ne voulut pas être remboursé ;
de sorte que je ne peux pas déterminer quelle quantité
j'absorbai dans l'espace d'une année. Je crois néanmoins que j'en prenais très irrégulièrement, et que je
variais la dose de cinquante ou soixante grains à
cent cinquante par jour. Mon premier soin fut de la
réduire à quarante, à trente, et enfin, aussi souvent que
je le pouvais, à douze grains. » Il ajoute que parmi différents spécifiques dont il essaya, le seul dont il tira
profit fut la teinture ammoniacale de valériane. Mais à
quoi bon (c'est lui qui parle) continuer ce récit de la
convalescence et de la guérison ? Le but du livre était de
montrer le merveilleux pouvoir de l'opium soit pour le
plaisir, soit pour la douleur ; le livre est donc fini. La
morale du récit s'adresse seulement aux mangeurs
d'opium. Qu'ils apprennent à trembler, et qu'ils
sachent, par cet exemple extraordinaire, que l'on peut,
après dix-sept années d'usage et huit années d'abus
de l'opium, renoncer à cette substance. Puissent-ils,
ajoute-t-il, développer plus d'énergie dans leurs efforts,
et atteindre finalement le même succès !

« Jérémie Taylor conjecture qu'il est peut-être aussi
douloureux de naître que de mourir. Je crois cela fort
probable ; et durant la longue période consacrée à la
diminution de l'opium, j'éprouvai toutes les tortures
d'un homme qui passe d'un mode d'existence à un
autre. Le résultat ne fut pas la mort, mais une sorte de
renaissance physique... Il me reste encore comme un
souvenir de mon premier état ; mes rêves ne sont pas
parfaitement calmes ; la redoutable turgescence et
l'agitation de la tempête ne sont pas entièrement
apaisées ; les légions dont mes songes étaient peuplés
se retirent, mais ne sont pas toutes parties ; mon sommeil est tumultueux, et, pareil aux portes du Paradis

quand nos premiers parents se retournèrent pour les contempler, il est toujours, comme dit le vers effrayant de Milton :

Encombré de faces menaçantes et de bras flamboyants. »

L'appendice (qui date de 1822) est destiné à corroborer plus minutieusement la vraisemblance de ce dénouement, à lui donner pour ainsi dire une rigoureuse physionomie médicale. Etre descendu d'une dose de huit mille gouttes à une dose modérée variant de trois cents à cent soixante était certainement un assez magnifique triomphe. Mais l'effort qui restait à faire demandait encore plus d'énergie que l'auteur ne s'y attendait, et la nécessité de cet effort devint de plus en plus manifeste. Il s'aperçut particulièrement d'un certain endurcissement, d'un manque de sensibilité dans l'estomac, qui semblait présager quelque affection squirreuse. Le médecin affirma que la continuation de l'usage de l'opium, quoique en doses réduites, pouvait amener un pareil résultat. Dès lors, serment d'abjurer l'opium, de l'abjurer absolument. Le récit de ses efforts, de ses hésitations, des douleurs physiques résultant des premières victoires de la volonté, est vraiment intéressant. Il y a des diminutions progressives; deux fois il arrive à zéro; puis ce sont des rechutes, rechutes où il compense largement les abstinences précédentes. En somme, l'expérience des six premières semaines donna pour résultat une effroyable irritabilité dans tout le système, particulièrement dans l'estomac, qui parfois revenait à un état de vitalité normale, et d'autres fois souffrait étrangement; une agitation qui ne cessait ni jour ni nuit; un sommeil (quel sommeil!) de trois heures au plus sur vingt-quatre, et si léger qu'il entendait les plus petits bruits autour de lui; la mâchoire inférieure constamment enflée; des ulcérations de la bouche et, parmi d'autres symptômes plus ou moins déplorables, de violents éternuements, qui, d'ailleurs, ont toujours accompagné ses tentatives de rébellion contre l'opium (cette espèce nouvelle d'infirmité durait quelquefois deux heures et revenait

deux ou trois fois par jour); de plus, une sensation de
froid, et enfin un rhume effroyable, ce qui ne s'était
jamais produit sous l'empire de l'opium. Par l'usage des
amers, il est parvenu à ramener l'estomac à l'état
normal, c'est-à-dire à perdre, comme les autres hommes,
la conscience des opérations de la digestion. Le qua-
rante-deuxième jour, tous ces symptômes alarmants
disparurent enfin pour faire place à d'autres; mais il ne
sait si ceux-là sont des conséquences de l'ancien abus
ou de la suppression de l'opium. Ainsi, la transpiration
abondante qui, même vers la Noël, accompagnait
toute réduction journalière de la dose, avait, dans la
saison la plus chaude de l'année, complètement cessé.
Mais d'autres souffrances physiques peuvent être attri-
buées à la température pluvieuse de juillet dans la
partie de l'Angleterre où était située son habitation.

L'auteur pousse le soin (toujours pour venir en aide
aux infortunés qui pourraient se trouver dans le même
cas que lui) jusqu'à nous donner un tableau synop-
tique, dates et quantités en regard, des cinq premières
semaines pendant lesquelles il commença à mener à
bien sa glorieuse tentative. On y voit de terribles
rechutes, comme de zéro à 200, 300, 350. Mais peut-
être bien la descente fut-elle trop rapide, mal graduée,
donnant ainsi naissance à des souffrances superflues,
lesquelles le contraignaient quelquefois à chercher un
secours dans la source même du mal.

Ce qui m'a toujours confirmé dans l'idée que ce
dénouement était *artificiel*, au moins en partie, c'est un
certain ton de raillerie, de badinage et même de persi-
flage qui règne dans plusieurs endroits de cet appendice.
Enfin, pour bien montrer qu'il ne donne pas à son
misérable corps cette fanatique attention des valétudi-
naires, qui passent leur temps à s'observer eux-mêmes,
l'auteur appelle sur ce corps, sur cette méprisable
« guenille », ne fût-ce que pour la punir de l'avoir tant
tourmenté, les traitements déshonorants que la loi
inflige aux pires malfaiteurs; et si les médecins de
Londres croient que la science peut tirer quelque
bénéfice de l'analyse du corps d'un mangeur d'opium
aussi obstiné qu'il le fut, il leur lègue bien volontiers

le sien. Certaines personnes riches de Rome commettaient l'imprudence, après avoir fait un legs au prince, de *s'obstiner à vivre,* comme dit plaisamment Suétone, et le César, qui avait bien voulu accepter le legs, se trouvait gravement offensé par ces existences indiscrètement prolongées. Mais le *mangeur d'opium* ne redoute pas de la part des médecins de choquantes marques d'impatience. Il sait qu'on ne peut attendre d'eux que des sentiments analogues aux siens, c'est-à-dire répondant à ce pur amour de la science qui le pousse lui-même à leur faire ce don funèbre de sa précieuse dépouille. Puisse ce legs n'être remis que dans un temps infiniment reculé; puisse ce pénétrant écrivain, ce malade charmant jusque dans ses moqueries, nous être conservé plus longtemps encore que le fragile Voltaire, qui mit, comme on a dit, quatre-vingt-quatre ans à mourir *!

---

* Pendant que nous écrivions ces lignes, la nouvelle de la mort de Thomas de Quincey est arrivée à Paris. Nous formions ainsi des vœux pour la continuation de cette destinée glorieuse, qui se trouvait coupée brusquement. Le digne émule et ami de Wordsworth, de Coleridge, de Southey, de Charles Lamb, de Hazlitt et de Wilson, laisse des ouvrages nombreux, dont les principaux sont : *Confessions of an english opium-eater; Suspiria de profundis; the Cæsars; Literary reminiscences; Essays on the poets; Autobiographic sketches; Memorials; the Note book; Theological essays; Letters to a young man; Classic records reviewed or deciphered; Speculations, literary and philosophic, with german tales and other narrative papers; Klosterheim, or the masque; Logic of political economy (1844); Essays sceptical and antisceptical on problems neglected or misconceived,* etc. Il laisse non seulement la réputation d'un des esprits les plus originaux, les plus vraiment humoristiques de la vieille Angleterre, mais aussi celle d'un des caractères les plus affables, les plus charitables qui aient honoré l'histoire des lettres, tel enfin qu'il l'a dépeint naïvement dans les *Suspiria de profundis,* dont nous allons entreprendre l'analyse, et dont le titre emprunte à cette circonstance douloureuse un accent doublement mélancolique. M. de Quincey est mort à Edimbourg, âgé de soixante-quinze ans.

J'ai sous les yeux un article nécrologique, daté du 17 décembre 1859, qui peut fournir matière à quelques tristes réflexions. D'un bout du monde à l'autre, la grande folie de la morale usurpe dans toutes les discussions littéraires la place de la pure littérature. Les Pontmartin et autres sermonnaires de salons encombrent les journaux américains et anglais aussi bien que

VI

LE GÉNIE ENFANT

Les *Confessions* datent de 1822, et les *Suspiria*, qui font leur suite et qui les complètent, ont été écrits en 1845. Aussi le ton en est-il, sinon tout à fait différent,

les nôtres. Déjà, à propos des étranges oraisons funèbres qui suivirent la mort d'Edgar Poe, j'ai eu occasion d'observer que le champ mortuaire de la littérature est moins respecté que le cimetière commun, où un règlement de police protège les tombes contre les outrages *innocents* des animaux.

Je veux que le lecteur impartial soit juge. Que le *mangeur d'opium* n'ait jamais rendu *à l'humanité de services positifs*, que nous importe? Si son livre est *beau*, nous lui devons de la gratitude. Buffon, qui dans une pareille question n'est pas suspect, ne pensait-il pas qu'un tour de phrase heureux, une nouvelle manière de bien dire, avaient pour l'homme vraiment spirituel une utilité plus grande que les découvertes de la science; en d'autres termes, que le Beau est plus noble que le Vrai?

Que de Quincey se soit montré quelquefois singulièrement sévère pour ses amis, quel auteur, connaissant l'ardeur de la passion littéraire, aurait le droit de s'en étonner? Il se maltraitait cruellement lui-même; et d'ailleurs, comme il l'a dit quelque part, et comme avant lui l'avait dit Coleridge, *la malice ne vient pas toujours du cœur : il y a une malice de l'intelligence et de l'imagination.*

Mais voici le chef-d'œuvre de la critique. De Quincey avait dans sa jeunesse fait don à Coleridge d'une partie considérable de son patrimoine : « Sans doute ceci est noble et louable, *quoique imprudent*, dit le biographe anglais; mais on doit se souvenir qu'il vint un temps où, victime de son opium, sa santé étant délabrée et ses affaires fort dérangées, il consentit parfaitement à accepter la charité de ses amis. » Si nous traduisons bien, cela veut dire qu'il ne faut lui savoir aucun gré de sa générosité, puisque plus tard il a usé de celle des autres. Le Génie ne trouve pas de pareils traits. Il faut pour s'élever jusque-là, être doué de l'esprit envieux et quinteux du critique moral. — C. B.

du moins plus grave, plus triste, plus résigné. En parcourant mainte et mainte fois ces pages singulières, je ne pouvais m'empêcher de rêver aux différentes métaphores dont se servent les poètes pour peindre l'homme revenu des batailles de la vie; c'est le vieux marin au dos voûté, au visage couturé d'un lacis inextricable de rides, qui réchauffe à son foyer une héroïque carcasse échappée à mille aventures; c'est le voyageur qui se retourne le soir vers les campagnes franchies le matin, et qui se souvient, avec attendrissement et tristesse, des mille fantaisies dont était possédé son cerveau pendant qu'il traversait ces contrées, maintenant vaporisées en horizons. C'est ce que d'une manière générale j'appellerais volontiers le ton du *revenant;* accent, non pas surnaturel, mais presque étranger à l'humanité, moitié terrestre et moitié extra-terrestre, que nous trouvons quelquefois dans les *Mémoires d'outre-tombe*, quand, la colère ou l'orgueil blessé se taisant, le mépris du grand René pour les choses de la terre devient tout à fait désintéressé.

L'*Introduction* des *Suspiria* nous apprend qu'il y a eu pour le mangeur d'opium, malgré tout l'héroïsme développé dans sa patiente guérison, une seconde et une troisième rechute. C'est ce qu'il appelle *a third prostration before the dark idol*. Même en omettant les raisons physiologiques qu'il allègue pour son excuse, comme de n'avoir pas assez prudemment gouverné son abstinence, je crois que ce malheur était facile à prévoir. Mais cette fois il n'est plus question de lutte ni de révolte. La lutte et la révolte impliquent toujours une certaine quantité d'espérance, tandis que le désespoir est muet. Là où il n'y a pas de remède, les plus grandes souffrances se résignent. Les portes, jadis ouvertes pour le retour, se sont refermées, et l'homme marche avec docilité dans sa destinée. *Suspiria de profundis!* Ce livre est bien nommé.

L'auteur n'insiste plus pour nous persuader que les *Confessions* avaient été écrites, en partie du moins, dans un but de santé publique. Elles se donnaient pour objet, nous dit-il plus franchement, de montrer quelle puissance a l'opium pour augmenter la faculté natu-

relle de rêverie. Rêver magnifiquement n'est pas un
don accordé à tous les hommes, et, même chez ceux
qui le possèdent, il risque fort d'être de plus en plus
diminué par la dissipation moderne toujours croissante
et par la turbulence du progrès matériel. La faculté de
rêverie est une faculté divine et mystérieuse; car c'est
par le rêve que l'homme communique avec le monde
ténébreux dont il est environné. Mais cette faculté a
besoin de solitude pour se développer librement; plus
l'homme se concentre, plus il est apte à rêver ample-
ment, profondément. Or, quelle solitude est plus
grande, plus calme, plus séparée du monde des intérêts
terrestres, que celle créée par l'opium?

Les *Confessions* nous ont raconté les accidents de
jeunesse qui avaient pu légitimer l'usage de l'opium.
Mais il existe ici jusqu'à présent deux lacunes importantes, l'une comprenant les rêveries engendrées par
l'opium pendant le séjour de l'auteur à l'Université
(c'est ce qu'il appelle ses *Visions d'Oxford*); l'autre, le
récit de ses impressions d'enfance. Ainsi, dans la
deuxième partie comme dans la première, la biographie
servira à expliquer et à *vérifier*, pour ainsi dire, les
mystérieuses aventures du cerveau. C'est dans les
notes relatives à l'enfance que nous trouverons le
germe des étranges rêveries de l'homme adulte, et,
disons mieux, de son génie. Tous les biographes ont
compris, d'une manière plus ou moins complète, l'importance des anecdotes se rattachant à l'enfance d'un
écrivain ou d'un artiste. Mais je trouve que cette
importance n'a jamais été suffisamment affirmée. Souvent, en contemplant des ouvrages d'art, non pas dans
leur *matérialité* facilement saisissable, dans les hiéro-
glyphes trop clairs de leurs contours ou dans le sens
évident de leurs sujets, mais dans l'âme dont ils sont
doués, dans l'impression atmosphérique qu'ils comportent, dans la lumière ou dans les ténèbres spirituelles qu'ils déversent sur nos âmes, j'ai senti entrer
en moi comme une vision de l'enfance de leurs auteurs.
Tel petit chagrin, telle petite jouissance de l'enfant,
démesurément grossis par une exquise sensibilité,
deviennent plus tard dans l'homme adulte, même à

son insu, le principe d'une œuvre d'art. Enfin, pour m'exprimer d'une manière plus concise, ne serait-il pas facile de prouver, par une comparaison philosophique entre les ouvrages d'un artiste mûr et l'état de son âme quand il était enfant, que le génie n'est que l'enfance nettement formulée, douée maintenant, pour s'exprimer, d'organes virils et puissants? Cependant je n'ai pas la prétention de livrer cette idée à la physiologie pour quelque chose de mieux qu'une pure conjecture.

Nous allons donc analyser rapidement les principales impressions d'enfance du mangeur d'opium, afin de rendre plus intelligibles les rêveries qui, à Oxford, faisaient la pâture ordinaire de son cerveau. Le lecteur ne doit pas oublier que c'est un vieillard qui raconte son enfance, un vieillard qui, rentrant dans son enfance, raisonne toutefois avec subtilité, et qu'enfin cette enfance, principe des rêveries postérieures, est revue et considérée à travers le milieu magique de cette rêverie, c'est-à-dire les épaisseurs transparentes de l'opium.

VII

CHAGRINS D'ENFANCE

Lui et ses trois sœurs étaient fort jeunes quand leur père mourut, laissant à leur mère une abondante fortune, une véritable fortune de négociant anglais. Le luxe, le bien-être, la vie large et magnifique sont des conditions très favorables au développement de la sensibilité naturelle de l'enfant. « N'ayant pas d'autres camarades que trois innocentes petites sœurs, dormant même toujours avec elles, enfermé dans un beau et silencieux jardin, loin de tous les spectacles de la pauvreté, de l'oppression et de l'injustice, je ne pouvais pas, dit-il, soupçonner la véritable complexion de ce monde. » Plus d'une fois il a remercié la Providence pour ce privilège incomparable, non seulement d'avoir été élevé à la campagne et dans la solitude, « mais encore d'avoir eu ses premiers sentiments modelés par les plus douces des sœurs, et non par d'horribles frères toujours prêts aux coups de poing, *horrid pugilistic brothers* ». En effet, les hommes qui ont été élevés par les femmes et parmi les femmes ne ressemblent pas tout à fait aux autres hommes, en supposant même l'égalité dans le tempérament ou dans les facultés spirituelles. Le bercement des nourrices, les câlineries maternelles, les chatteries des sœurs, surtout des sœurs aînées, espèce de mères diminutives, transforment, pour ainsi dire, en la pétrissant, la pâte masculine. L'homme qui, dès le commencement, a été longtemps baigné dans la molle atmosphère de la femme, dans l'odeur de ses mains, de son sein, de ses genoux, de sa chevelure, de ses vêtements souples et flottants,

Dulce balneum suavibus
Unguentatum odoribus,

y a contracté une délicatesse d'épiderme et une distinction d'accent, une espèce d'androgynéité, sans lesquelles le génie le plus âpre et le plus viril reste, relativement à la perfection dans l'art, un être incomplet. Enfin, je veux dire que le goût précoce du *monde* féminin, *mundi muliebris*, de tout cet appareil ondoyant, scintillant et parfumé, fait les génies supérieurs; et je suis convaincu que ma très intelligente lectrice absout la forme presque sensuelle de mes expressions, comme elle approuve et comprend la pureté de ma pensée.

Jane mourut la première. Mais pour son petit frère la mort n'était pas encore une chose intelligible. Jane n'était qu'absente; elle reviendrait sans doute. Une servante, chargée de l'assister pendant sa maladie, l'avait traitée un peu durement deux jours avant sa mort. Le bruit s'en répandit dans la famille, et, à partir de ce moment, le petit garçon ne put jamais regarder cette fille en face. Sitôt qu'elle paraissait, il fichait ses regards en terre. Ce n'était pas de la colère, ce n'était pas de l'esprit de vengeance qui dissimule, c'était simplement de l'effroi; la sensitive qui se retire à un contact brutal; terreur et pressentiment mêlés, c'était l'effet produit par cette affreuse vérité, pour la première fois révélée, que ce monde est un monde de malheur, de lutte et de proscription.

La seconde blessure de son cœur d'enfant ne fut pas aussi facile à cicatriser. A son tour mourut, après un intervalle de quelques années heureuses, la chère, la noble Elisabeth, intelligence si noble et si précoce qu'il lui semble toujours, quand il évoque son doux fantôme dans les ténèbres, voir autour de son vaste front une auréole ou une tiare de lumière. L'annonce de la fin prochaine de cette créature chérie, plus âgée que lui de deux ans, et qui avait pris déjà sur son esprit tant d'autorité, le remplit d'un désespoir indescriptible. Le jour qui suivit cette mort, comme la curiosité de la science n'avait pas encore violé cette dépouille si précieuse, il résolut de revoir sa sœur. « Dans les enfants, le chagrin a horreur de la lumière et fuit les regards humains. » Aussi cette visite suprême devait-elle être secrète et sans témoins. Il était midi, et quand il entra dans la chambre, ses yeux ne rencontrèrent d'abord qu'une vaste fenêtre, toute grande ouverte, par laquelle un ardent soleil d'été précipitait toutes ses splendeurs. « La température était sèche, le ciel sans nuages; les profondeurs azurées apparaissaient comme un type parfait de l'infini, et il n'était pas possible pour l'œil de contempler, ni pour le cœur de concevoir un symbole plus pathétique de la vie et de la gloire dans la vie. »

Un grand malheur, un malheur irréparable qui nous frappe dans la belle saison de l'année, porte, dirait-on, un caractère plus funeste, plus sinistre. La mort, nous l'avons déjà remarqué, je crois, dans l'analyse des *Confessions*, nous affecte plus profondément sous le règne pompeux de l'été. « Il se produit alors une antithèse terrible entre la profusion tropicale de la vie extérieure et la noire stérilité du tombeau. Nos yeux voient l'été, et notre pensée hante la tombe; la glorieuse clarté est autour de nous, et en nous sont les ténèbres. Et ces deux images, entrant en collision, se prêtent réciproquement une force exagérée. » Mais pour l'enfant, qui sera plus tard un érudit plein d'esprit et d'imagination, pour l'auteur des *Confessions* et des *Suspiria*, une autre raison que cet antagonisme avait déjà relié fortement l'image de l'été à l'idée de la mort, — raison tirée de rapports intimes entre les paysages et les événements dépeints dans les Saintes Ecritures. « La plupart des pensées et des sentiments profonds nous viennent, non pas directement et dans leurs formes nues et abstraites, mais à travers des combinaisons compliquées d'objets concrets. » Ainsi, la Bible, dont une jeune servante faisait la lecture aux enfants dans les longues et solennelles soirées d'hiver, avait fortement contribué à unir ces deux idées dans son imagination. Cette jeune fille, qui connaissait l'Orient, leur en expliquait les climats, ainsi que les nombreuses nuances des étés qui les composent. C'était sous un climat oriental, dans un de ces pays qui semblent gratifiés d'un été éternel, qu'un juste, qui était plus qu'un homme, avait subi sa *passion*. C'était évidemment en été que les disciples arrachaient les épis de blé. Le dimanche des Rameaux, *Palm Sunday*, ne fournissait-il pas aussi un aliment à cette rêverie? *Sunday*, ce jour du repos, image d'un repos plus profond, inaccessible au cœur de l'homme; *palm*, palme, un mot impliquant à la fois les pompes de la vie et celles de la nature estivale! Le plus grand événement de Jérusalem était proche quand arriva le dimanche des Rameaux; et le lieu de l'action, que cette fête rappelle, était voisin de Jérusalem. Jérusalem, qui a passé, comme Delphes, pour le nombril ou centre de la terre, peut au moins passer pour le centre de la mortalité. Car si c'est là que la Mort a été foulée aux pieds, c'est là aussi qu'elle a ouvert son plus sinistre cratère.

Ce fut donc en face d'un magnifique été débordant cruellement dans la chambre mortuaire, qu'il vint, pour la dernière fois, contempler les traits de la défunte chérie. Il avait entendu dire dans la maison que ses traits n'avaient pas été altérés par la mort. Le front était bien le même, mais les paupières glacées, les lèvres pâles, les mains roidies le frappèrent horriblement; et pendant qu'immobile il la regardait, un vent solennel s'éleva et se mit à souffler violemment, « le vent le plus mélancolique dit-il, que j'aie jamais entendu. » Bien des fois, depuis lors, pendant les journées d'été, au moment où le soleil est le plus chaud, il a ouï s'élever le même vent, « enflant sa même voix profonde, solennelle, memnonienne, religieuse. » C'est, ajoute-t-il, le seul symbole de l'éternité qu'il soit donné à l'oreille humaine de percevoir. Et trois fois dans sa vie il a entendu le même son, dans les mêmes circonstances, entre une fenêtre ouverte et le cadavre d'une personne morte un jour d'été.

Tout à coup, ses yeux, éblouis par l'éclat de la vie extérieure et comparant la pompe et la gloire des cieux avec la glace qui recouvrait le visage de la morte, eurent une étrange vision. Une galerie, une voûte sembla s'ouvrir à travers l'azur, — un chemin prolongé à l'infini. Et sur les vagues bleues son esprit s'éleva; et ces vagues et son esprit se mirent à courir vers le trône de Dieu ; mais le trône fuyait sans cesse devant son ardente poursuite. Dans cette singulière extase, il s'endormit ; et quand il reprit possession de lui-même, il se retrouva assis auprès du lit de sa sœur. Ainsi l'enfant solitaire, accablé par son premier chagrin, s'était envolé vers Dieu, le solitaire par excellence. Ainsi l'instinct, supérieur à toute philosophie, lui avait fait trouver dans un rêve céleste un soulagement momentané. Il crut alors entendre un pas dans l'escalier, et craignant, si on le surprenait dans cette chambre, qu'on ne voulût l'empêcher d'y revenir, il baisa à la hâte les lèvres de sa sœur et se retira avec précaution. Le jour suivant, les médecins vinrent pour examiner le cerveau ; il ignorait le but de leur visite, et, quelques heures après qu'ils se furent retirés, il essaya de se glisser de nouveau dans la chambre ; mais la porte était fermée et la clef avait été retirée. Il lui fut donc épargné de voir, déshonorés par les ravages de la science, les restes de celle dont il a pu ainsi garder intacte une image paisible, immobile et pure comme le marbre ou la glace.

Et puis vinrent les funérailles, nouvelle agonie ; la souffrance du trajet en voiture avec les indifférents qui causaient de matières tout à fait étrangères à sa douleur ; les terribles harmonies de l'orgue, et toute cette solennité chrétienne, trop écrasante pour un enfant, que les promesses d'une religion qui élevait sa sœur dans le ciel ne consolaient pas de l'avoir perdue sur la terre. A l'église on lui recommanda de tenir un mouchoir sur ses yeux. Avait-il donc besoin d'affecter une contenance funèbre et de jouer au pleureur, lui qui pouvait à peine se tenir sur ses jambes ? La lumière enflammait les vitraux coloriés où les apôtres et les saints étalaient leur gloire ; et, dans les jours qui suivirent, quand on le menait aux offices, ses yeux, fixés sur la partie non coloriée des vitraux, voyaient sans cesse les nuages floconneux du ciel se transformer en rideaux et en oreillers blancs, sur lesquels reposaient des têtes d'enfants, souffrants, pleurants, mourants. Ces lits peu à peu s'élevaient au ciel, et remontaient vers le Dieu qui a tant aimé les enfants. Plus tard, long-

temps après, trois passages du service funèbre, qu'il
avait entendus certainement, mais qu'il n'avait peut-
être pas écoutés, ou qui avaient révolté sa douleur par
leurs trop âpres consolations, se représentèrent à sa
mémoire, avec leur sens mystérieux et profond, parlant
de délivrance, de résurrection et d'éternité, et devinrent
pour lui un thème fréquent de méditation. Mais, bien
avant cette époque, il s'éprit pour la solitude de ce
goût violent que montrent toutes les passions profondes, surtout celles qui ne veulent pas être consolées.
Les vastes silences de la campagne, les étés criblés d'une
lumière accablante, les après-midi brumeuses, le remplissaient d'une dangereuse volupté. Son œil s'égarait
dans le ciel et dans le brouillard à la poursuite de
quelque chose d'introuvable, et il scrutait opiniâtrement
les profondeurs bleues pour y découvrir une image
chérie, à qui peut-être, par un privilège spécial, il avait
été permis de se manifester une fois encore. C'est à
mon très grand regret que j'abrège la partie, excessivement longue, qui contient le récit de cette douleur
profonde, sinueuse, sans issue, comme un labyrinthe.
La nature entière y est invoquée, et chaque objet y
devient à son tour *représentatif* de l'idée unique. Cette
douleur, de temps à autre, fait pousser des fleurs
lugubres et coquettes, à la fois tristes et riches; ses
accents funèbrement amoureux se transforment souvent en concetti. Le deuil lui-même n'a-t-il pas ses
parures? Et ce n'est pas seulement la sincérité de cet
attendrissement qui émeut l'esprit; il y a aussi pour le
critique une jouissance singulière et nouvelle à voir
s'épanouir ici cette mysticité ardente et délicate qui ne
fleurit généralement que dans le jardin de l'Eglise
romaine. — Enfin une époque arriva, où cette sensibilité morbide, se nourrissant exclusivement d'un souvenir, et ce goût immodéré de la solitude, pouvaient se
transformer en un danger positif; une de ces époques
décisives, critiques, où l'âme désolée se dit : « Si ceux
que nous aimons ne peuvent plus venir à nous, qui nous
empêche d'aller à eux? », où l'imagination, obsédée,
fascinée, subit avec délices *les sublimes attractions du
tombeau.* Heureusement l'âge était venu du travail et

des distractions forcées. Il lui fallait endosser le premier harnais de la vie et se préparer aux études classiques.

Dans les pages suivantes, cependant plus égayées,
nous trouvons encore le même esprit de tendresse féminine, appliqué maintenant aux animaux, ces intéressants esclaves de l'homme, aux chats, aux chiens, à
tous les êtres qui peuvent être facilement gênés, oppri-
més, enchaînés. D'ailleurs, l'animal, par sa joie insou-
ciante, par sa simplicité, n'est-il pas une espèce de
représentation de l'enfance de l'homme? Ici donc, la
tendresse du jeune rêveur, tout en s'égarant sur de
nouveaux objets, restait fidèle à son caractère primitif.
Il aimait encore, sous des formes plus ou moins parfaites, la faiblesse, l'innocence et la candeur. Parmi les
marques et les caractères principaux que la destinée
avait imprimés sur lui, il faut noter aussi une délicatesse
de conscience excessive, qui, jointe à sa sensibilité morbide, servait à grossir démesurément les faits les plus
vulgaires, et à tirer des fautes les plus légères, imaginaires même, des terreurs malheureusement trop réelles.
Enfin, qu'on se figure un enfant de cette nature, privé
de l'objet de sa première et de sa plus grande affection,
amoureux de la solitude et sans confident. Arrivé à ce
point, le lecteur comprendra parfaitement que plusieurs
des phénomènes développés sur le théâtre des rêves ont
dû être la répétition des épreuves de ses premières
années. La destinée avait jeté la semence; l'opium la
fit fructifier et la transforma en végétations étranges et
abondantes. Les choses de l'enfance, pour me servir
d'une métaphore qui appartient à l'auteur, devinrent
le coefficient naturel de l'opium. Cette faculté prématurée, qui lui permettait d'idéaliser toutes choses et de
leur donner des proportions surnaturelles, cultivée,
exercée longtemps dans la solitude, dut à Oxford, acti-
vée outre mesure par l'opium, produire des résultats
grandioses et insolites même chez la plupart des jeunes
gens de son âge.

Le lecteur se rappelle les aventures de notre héros
dans les Galles, ses souffrances à Londres et sa réconciliation avec ses tuteurs. Le voici maintenant à l'Uni-

versité, se fortifiant dans l'étude, plus enclin que jamais à la songerie, et tirant de la substance dont il avait fait, comme nous l'avons dit, connaissance à Londres à propos de douleurs névralgiques, un adjuvant dangereux et puissant pour ses facultés précocement rêveuses. Dès lors, sa première existence entra dans la seconde, et se confondit avec elle pour ne faire qu'un tout aussi intime qu'anormal. Il occupa sa nouvelle vie à revivre sa première. Combien de fois il revit, dans les loisirs de l'école, la chambre funèbre où reposait le cadavre de sa sœur, la lumière de l'été et la glace de la mort, le chemin ouvert à l'extase à travers la voûte des cieux azurés; et puis, le prêtre en surplis blanc à côté d'une tombe ouverte, la bière descendant dans la terre, et la *poussière rendue à la poussière;* enfin, les saints, les apôtres et les martyrs du vitrail, illuminés par le soleil et faisant un cadre magnifique à ces lits blancs, à ces jolis berceaux d'enfants qui opéraient, aux sons graves de l'orgue, leur ascension vers le ciel! Il revit tout cela, mais il le revit avec variations, fioritures, couleurs plus intenses ou plus vaporeuses; il revit tout l'univers de son enfance, mais avec la richesse poétique qu'y ajoutait maintenant un esprit cultivé, déjà subtil, et habitué à tirer ses plus grandes jouissances de la solitude et du souvenir.

VIII

VISIONS D'OXFORD

LE PALIMPSESTE

« Qu'est-ce que le cerveau humain, sinon un palimpseste immense et naturel? Mon cerveau est un palimpseste et le vôtre aussi, lecteur. Des couches innombrables d'idées, d'images, de sentiments sont tombées successivement sur votre cerveau, aussi doucement que la lumière. Il a semblé que chacune ensevelissait la précédente. Mais aucune en réalité n'a péri. » Toutefois, entre le palimpseste qui porte, superposées l'une sur l'autre, une tragédie grecque, une légende monacale, et une histoire de chevalerie, et le palimpseste divin créé par Dieu, qui est notre incommensurable mémoire, se présente cette différence, que dans le premier il y a comme un chaos fantastique, grotesque, une collision entre des éléments hétérogènes; tandis que dans le second la fatalité du tempérament met forcément une harmonie parmi les éléments les plus disparates. Quelque incohérente que soit une existence, l'unité humaine n'en est pas troublée. Tous les échos de la mémoire, si on pouvait les réveiller simultanément, formeraient un concert, agréable ou douloureux, mais logique et sans dissonances.

Souvent des êtres, surpris par un accident subit, suffoqués brusquement par l'eau, et en danger de mort, ont vu s'allumer dans leur cerveau tout le théâtre de leur vie passée. Le temps a été annihilé, et quelques secondes ont suffi à contenir une quantité de sentiments

et d'images équivalente à des années. Et ce qu'il y a
de plus singulier dans cette expérience, que le hasard
a amenée plus d'une fois, ce n'est pas la simultanéité
de tant d'éléments qui furent successifs, c'est la réap-
parition de tout ce que l'être lui-même ne connaissait
plus, mais qu'il est cependant forcé de *reconnaître*
comme lui étant propre. L'oubli n'est donc que
momentané; et dans telles circonstances solennelles,
dans la mort peut-être, et généralement dans les exci-
tations intenses créées par l'opium, tout l'immense et
compliqué palimpseste de la mémoire se déroule d'un
seul coup, avec toutes ses couches superposées de sentiments défunts, mystérieusement embaumés dans ce
que nous appelons l'oubli.

Un homme de génie, mélancolique, misanthrope, et
voulant se venger de l'injustice de son siècle, jette un
jour au feu toutes ses œuvres encore manuscrites. Et
comme on lui reprochait cet effroyable holocauste fait
à la haine, qui, d'ailleurs, était le sacrifice de toutes
ses propres espérances, il répondit : « Qu'importe? ce
qui était important, c'était que ces choses fussent
créées; elles ont été créées, donc elles *sont*. » Il prêtait
à toute chose créée un caractère indestructible.
Combien cette idée s'applique plus évidemment encore
à toutes nos pensées, à toutes nos actions, bonnes ou
mauvaises! Et si dans cette croyance il y a quelque
chose d'infiniment consolant, dans le cas où notre
esprit se tourne vers cette partie de nous-mêmes que
nous pouvons considérer avec complaisance, n'y a-t-il
pas aussi quelque chose d'infiniment terrible, dans le
cas futur, inévitable, où notre esprit se tournera vers
cette partie de nous-mêmes que nous ne pouvons
affronter qu'avec horreur? Dans le spirituel non plus
que dans le matériel, rien ne se perd. De même que
toute action, lancée dans le tourbillon de l'action universelle, est en soi irrévocable et irréparable, abstraction faite de ses résultats possibles, de même toute
pensée est ineffaçable. Le palimpseste de la mémoire
est indestructible.

« Oui, lecteur, innombrables sont les poèmes de joie
ou de chagrin qui se sont gravés successivement sur le

palimpseste de votre cerveau, et comme les feuilles des forêts vierges, comme les neiges indissolubles de l'Himalaya, comme la lumière qui tombe sur la lumière, leurs couches incessantes se sont accumulées et se sont, chacune à son tour, recouvertes d'oubli. Mais à l'heure de la mort, ou bien dans la fièvre, ou par les recherches de l'opium, tous ces poèmes peuvent reprendre de la vie et de la force. Ils ne sont pas morts, ils dorment. On croit que la tragédie grecque a été chassée et remplacée par la légende du moine, la légende du moine par le roman de chevalerie; mais cela n'est pas. A mesure que l'être humain avance dans la vie, le roman qui, jeune homme, l'éblouissait, la légende fabuleuse qui, enfant, le séduisait, se fanent et s'obscurcissent d'eux-mêmes. Mais les profondes tragédies de l'enfance, — bras d'enfants arrachés à tout jamais du cou de leurs mères, lèvres d'enfants séparées à jamais des baisers de leurs sœurs, — vivent toujours cachées, sous les autres légendes du palimpseste. La passion et la maladie n'ont pas de chimie assez puissante pour brûler ces immortelles empreintes. »

LEVANA
ET NOS NOTRE-DAME DES TRISTESSES

« Souvent à Oxford j'ai vu Levana dans mes rêves. Je la connaissais par ses symboles romains. » Mais qu'est-ce que Levana? C'était la déesse romaine qui présidait aux premières heures de l'enfant, qui lui conférait, pour ainsi dire, la dignité humaine. « Au moment de la naissance, quand l'enfant goûtait pour la première fois l'atmosphère troublée de notre planète, on le posait à terre. Mais presque aussitôt, de peur qu'une si grande créature ne rampât sur le sol plus d'un instant, le père, comme mandataire de la déesse Levana, ou quelque proche parent, comme mandataire du père, le soulevait en l'air, lui commandait de regarder en haut, comme étant le roi de ce monde; et il pré-

sentait le front de l'enfant aux étoiles, disant peut-être
à celles-ci dans son cœur : « Contemplez ce qui est plus
grand que vous! » Cet acte symbolique représentait la
fonction de Levana. Et cette déesse mystérieuse, qui
n'a jamais dévoilé ses traits (excepté à moi, dans mes
rêves), et qui a toujours agi par délégation, tire son
nom du verbe latin *levare*, soulever en l'air, tenir
élevé. »

Naturellement plusieurs personnes ont entendu par
Levana le pouvoir tutélaire qui surveille et régit l'éducation des enfants. Mais ne croyez pas qu'il s'agisse ici
de cette pédagogie qui ne règne que par les alphabets et
les grammaires; il faut penser surtout « à ce vaste système de forces centrales qui est caché dans le sein profond de la vie humaine et qui travaille incessamment
les enfants, leur enseignant tour à tour la passion, la
lutte, la tentation, l'énergie de la résistance ». Levana
ennoblit l'être humain qu'elle surveille, mais par de
cruels moyens. Elle est dure et sévère, cette bonne
nourrice, et parmi les procédés dont elle use plus
volontiers pour perfectionner la créature humaine,
celui qu'elle affectionne par-dessus tous, c'est la douleur. Trois déesses lui sont soumises, qu'elle emploie
pour ses desseins mystérieux. Comme il y a trois
Grâces, trois Parques, trois Furies, comme primitivement il y avait trois Muses, il y a trois déesses de la
tristesse. Elles sont nos *Notre-Dame des Tristesses*.

« Je les ai vues souvent conversant avec Levana, et
quelquefois même s'entretenant de moi. Elles parlent
donc? Oh! non. Ces puissants fantômes dédaignent les
insuffisances du langage. Elles peuvent proférer des
paroles par les organes de l'homme, quand elles
habitent dans un cœur humain; mais, entre elles, elles
ne se servent pas de la voix; elles n'émettent pas de
sons; un éternel silence règne dans leurs royaumes... La
plus âgée des trois sœurs s'appelle *Mater Lachrymarum*,
ou Notre-Dame des Larmes. C'est elle qui, nuit et
jour, divague et gémit, invoquant des visages évanouis.
C'est elle qui était dans Rama, alors qu'on entendit une
voix se lamenter, celle de Rachel pleurant ses enfants et
ne voulant pas être consolée. Elle était aussi dans

Bethléem, la nuit où l'épée d'Hérode balaya tous les
innocents hors de leurs asiles... Ses yeux sont tour à
tour doux et perçants, effarés et endormis, se levant
souvent vers les nuages, souvent accusant les cieux.
Elle porte un diadème sur sa tête. Et je sais par des
souvenirs d'enfance qu'elle peut voyager sur les vents
quand elle entend le sanglot des litanies ou le tonnerre
de l'orgue, ou quand elle contemple les éboulements
des nuages d'été. Cette sœur aînée porte à sa ceinture
des clefs plus puissantes que les clefs papales, avec lesquelles elle ouvre toutes les chaumières et tous les
palais. C'est elle, je le sais, qui, tout l'été dernier, est
restée au chevet du mendiant aveugle, celui avec qui
j'aimais tant à causer, et dont la pieuse fille, âgée de
huit ans, à la physionomie lumineuse, résistait à la
tentation de se mêler à la joie du bourg, pour errer
toute la journée sur les routes poudreuses avec son
père affligé. Pour cela, Dieu lui a envoyé une grande
récompense. Au printemps de l'année, et comme elle-
même commençait à fleurir, il l'a rappelée à lui. Son
père aveugle la pleure toujours, et toujours à minuit il
rêve qu'il tient encore dans sa main la petite main qui
le guidait, et toujours il s'éveille dans des *ténèbres* qui
sont maintenant de nouvelles et plus profondes
ténèbres... C'est à l'aide de ces clefs que Notre-Dame
des Larmes se glisse, fantôme ténébreux, dans les
chambres des hommes qui ne dorment pas, des femmes
qui ne dorment pas, des enfants qui ne dorment pas,
depuis le Gange jusqu'au Nil, depuis le Nil jusqu'au
Mississipi. Et comme elle est née la première et qu'elle
possède l'empire le plus vaste, nous l'honorerons du
titre de Madone.

« La seconde sœur s'appelle *Mater Suspiriorum*,
Notre-Dame des Soupirs. Elle n'escalade jamais les
nuages et elle ne se promène pas sur les vents. Sur son
front, pas de diadème. Ses yeux, si on pouvait les voir,
ne paraîtraient ni doux, ni perçants; on n'y pourrait
déchiffrer aucune histoire; on n'y trouverait qu'une
masse confuse de rêves à moitié morts et les débris
d'un délire oublié. Elle ne lève jamais les yeux; sa tête,
coiffée d'un turban en loques, tombe toujours, et tou-

jours regarde la terre. Elle ne pleure pas, elle ne gémit
pas. De temps à autre elle soupire inintelligiblement.
Sa sœur, la Madone, est quelquefois tempétueuse et
frénétique, délirant contre le ciel et réclamant ses
bien-aimés. Mais Notre-Dame des Soupirs ne crie
jamais, n'accuse jamais, ne rêve jamais de révolte.
Elle est humble jusqu'à l'abjection. Sa douceur est
celle des êtres sans espoir... Si elle murmure quelquefois, ce n'est que dans des lieux solitaires, désolés
comme elle, dans des cités ruinées, et quand le soleil
est descendu dans son repos. Cette sœur est la visi-
teuse du Pariah, du Juif, de l'esclave qui rame sur les
galères; ... de la femme assise dans les ténèbres, sans
amour pour abriter sa tête, sans espérance pour illu-
miner sa solitude; ... de tout captif dans sa prison; de
tous ceux qui sont trahis et de tous ceux qui sont rejetés;
de ceux qui sont proscrits par la loi de la tradition, et
des enfants de la disgrâce héréditaire. Tous sont
accompagnés par Notre-Dame des Soupirs. Elle aussi,
elle porte une clef, mais elle n'en a guère besoin. Car
son royaume est surtout parmi les tentes de Sem et les
vagabonds de tous les climats. Cependant dans les plus
hauts rangs de l'humanité elle trouve quelques autels,
et même dans la glorieuse Angleterre il y a des hommes
qui, devant le monde, portent leur tête aussi orgueilleusement qu'un renne et qui, secrètement, ont reçu sa
marque sur le front.

« Mais la troisième sœur, qui est aussi la plus jeune!...
Chut! ne parlons d'elle qu'à voix basse. Son domaine
n'est pas grand; autrement aucune chair ne pourrait
vivre; mais sur ce domaine son pouvoir est absolu...
Malgré le triple voile de crêpe dont elle enveloppe sa
tête, si haut qu'elle la porte, on peut voir d'en bas la
lumière sauvage qui s'échappe de ses yeux, lumière de
désespoir toujours flamboyante, les matins et les soirs,
à midi comme à minuit, à l'heure du flux comme à
l'heure du reflux. Celle-là défie Dieu. Elle est aussi la
mère des démences et la conseillère des suicides... La
Madone marche d'un pas irrégulier, rapide ou lent,
mais toujours avec une grâce tragique. Notre-Dame
des Soupirs se glisse timidement et avec précaution.

Mais la plus jeune sœur se meut avec des mouvements impossibles à prévoir; elle bondit; elle a les sauts du tigre. Elle ne porte pas de clef; car, bien qu'elle visite rarement les hommes, quand il lui est permis d'approcher d'une porte, elle s'en empare d'assaut et l'enfonce. Et son nom est *Mater Tenebrarum*, Notre-Dame des Ténèbres.

« Telles étaient les Euménides ou *Gracieuses* Déesses (comme disait l'antique flatterie inspirée par la crainte) qui hantaient mes rêves à Oxford. La Madone parlait avec sa main mystérieuse. Elle me touchait la tête; elle appelait du doigt Notre-Dame des Soupirs, et ses signes, qu'aucun homme ne peut lire, excepté en rêve, pouvaient se traduire ainsi : « Vois! le voici, celui que dans son enfance j'ai consacré à mes autels. C'est lui que j'ai fait mon favori. Je l'ai égaré, je l'ai séduit, et du haut du ciel j'ai attiré son cœur vers le mien. Par moi il est devenu idolâtre; par moi rempli de désirs et de langueurs, il a adoré le ver de terre et il a adressé ses prières au tombeau vermiculeux. Sacré pour lui était le tombeau; aimables étaient ses ténèbres; sainte sa corruption. Ce jeune idolâtre, je l'ai préparé pour toi, chère et douce Sœur des Soupirs! Prends-le maintenant sur ton cœur, et prépare-le pour notre terrible Sœur. Et toi, — se tournant vers la *Mater Tenebrarum*, — reçois-le d'elle à ton tour. Fais que ton sceptre soit pesant sur sa tête. Ne souffre pas qu'une femme, avec sa tendresse, vienne s'asseoir auprès de lui dans sa nuit. Chasse toutes les faiblesses de l'espérance, sèche les baumes de l'amour, brûle la fontaine des larmes; maudis-le comme toi seule sais maudire. Ainsi sera-t-il rendu parfait dans la fournaise; ainsi verra-t-il les choses qui ne devraient pas être vues, les spectacles qui sont abominables et les secrets qui sont indicibles. Ainsi lira-t-il les antiques vérités, les tristes vérités, les grandes, les terribles vérités. Ainsi ressuscitera-t-il avant d'être mort. Et notre mission sera accomplie, que nous tenons de Dieu, qui est de tourmenter son cœur jusqu'à ce que nous ayons développé les facultés de son esprit. »

LE SPECTRE DU BROCKEN

Par un beau dimanche de Pentecôte, montons sur le Brocken. Eblouissante aube sans nuages! Cependant Avril parfois pousse ses dernières incursions dans la saison renouvelée, et l'arrose de ses capricieuses averses. Atteignons le sommet de la montagne; une pareille matinée nous promet plus de chances pour voir le fameux Spectre du Brocken. Ce spectre a vécu si longtemps avec les sorciers païens, il a assisté à tant de noires idolâtries, que son cœur a peut-être été corrompu, et sa foi ébranlée. Faites d'abord le signe de la croix, en manière d'épreuve, et regardez attentivement s'il consent à le répéter. En effet, il le répète; mais le réseau des ondées qui s'avance trouble la forme des objets et lui donne l'air d'un homme qui n'accomplit son devoir qu'avec répugnance ou d'une manière évasive. Recommencez donc l'épreuve, « cueillez une de ces anémones qui s'appelaient autrefois *fleurs de sorcier*, et qui jouaient peut-être leur rôle dans ces rites horribles de la peur. Portez-la sur cette pierre qui imite la forme d'un autel païen; agenouillez-vous, et, levant votre main droite, dites : Notre père, qui êtes aux cieux!... moi, votre serviteur, et ce noir fantôme dont j'ai fait, ce jour de Pentecôte, mon serviteur pour une heure, nous vous apportons nos hommages réunis sur cet autel rendu au vrai culte! — Voyez! l'apparition cueille une anémone et la pose sur un autel; elle s'agenouille, elle élève sa main droite vers Dieu. Elle est muette, il est vrai; mais les muets peuvent servir Dieu d'une manière très acceptable. »

Toutefois, vous penserez peut-être que ce spectre, accoutumé de vieille date à une dévotion aveugle, est porté à obéir à tous les cultes, et que sa servilité naturelle rend son hommage insignifiant. Cherchons donc un autre moyen pour vérifier la nature de cet être singulier. Je suppose que, dans votre enfance, vous avez subi quelque douleur ineffable, traversé un déses-

poir inguérissable, une de ces désolations muettes qui
pleurent derrière un voile, comme la Judée des médailles
romaines, tristement assise sous son palmier. Voilez
votre tête en commémoration de cette grande douleur.
Le fantôme du Brocken, lui aussi, a déjà voilé sa tête,
comme s'il avait un cœur d'homme et comme s'il voulait exprimer par un symbole silencieux le souvenir
d'une douleur trop grande pour s'exprimer par des
paroles. « Cette épreuve est décisive. Vous savez maintenant que l'apparition n'est que votre propre reflet,
et qu'en adressant au fantôme l'expression de vos
secrets sentiments, vous en faites le miroir symbolique
où se réfléchit à la clarté du jour ce qui autrement serait
caché à jamais. »

Le mangeur d'opium a aussi près de lui un Sombre
Interprète, qui est, relativement à son esprit, dans le
même rapport que le fantôme du Brocken vis-à-vis du
voyageur. Celui-là est quelquefois troublé par des
tempêtes, des brouillards et des pluies; de même le
Mystérieux Interprète mêle quelquefois à sa nature de
reflet des éléments étrangers. « Ce qu'il dit généralement n'est que ce que je me suis dit éveillé, dans des
méditations assez profondes pour laisser leur empreinte
dans mon cœur. Mais quelquefois ses paroles s'altèrent
comme son visage, et elles ne semblent pas celles dont
je me serais plus volontiers servi. Aucun homme ne peut
rendre compte de tout ce qui arrive dans les rêves. Je
crois que ce fantôme est généralement une fidèle
représentation de moi-même; mais aussi, de temps en
temps, il est sujet à l'action du bon Phantasus, qui
règne sur les songes. » On pourrait dire qu'il a quelques
rapports avec le chœur de la tragédie grecque, qui souvent exprime les pensées secrètes du principal personnage, secrètes pour lui-même ou imparfaitement déve-
loppées, et lui présente des commentaires, prophé-
tiques ou relatifs au passé, propres à justifier la Providence ou à calmer l'énergie de son angoisse, tels enfin
que l'infortuné les aurait trouvés lui-même si son cœur
lui avait laissé le temps de la méditation.

SAVANNAH-LA-MAR

A cette galerie mélancolique de peintures, vastes et mouvantes allégories de la tristesse, où je trouve (j'ignore si le lecteur qui ne les voit qu'en abrégé peut éprouver la même sensation) un charme musical autant que pittoresque, un morceau vient s'ajouter, qui peut être considéré comme le finale d'une large symphonie.

« Dieu a frappé Savannah-la-Mar, et en une nuit l'a fait descendre, avec tous ses monuments encore droits et sa population endormie, des fondations solides du rivage sur le lit de corail de l'Océan. Dieu dit : « J'ai enseveli Pompéi, et je l'ai caché aux hommes pendant dix-sept siècles; j'ensevelirai cette cité, mais je ne la cacherai pas. Elle sera pour les hommes un monument de ma mystérieuse colère, fixé pendant les générations à venir dans une lumière azurée; car je l'enchâsserai dans le dôme cristallin de mes mers tropicales. » Et souvent dans les calmes limpides, à travers le milieu transparent des eaux, les marins qui passent aperçoivent cette ville silencieuse, qu'on dirait conservée sous une cloche, et peuvent parcourir du regard ses places, ses terrasses, compter ses portes et les clochers de ses églises : « Vaste cimetière qui fascine l'œil comme une révélation féerique de la vie humaine, persistant dans les retraites sous-marines, à l'abri des tempêtes qui tourmentent notre atmosphère. » Bien des fois, avec son Noir Interprète, bien des fois en rêve il a visité la solitude inviolée de Savannah-la-Mar. Ils regardaient ensemble dans les beffrois, où les cloches immobiles attendaient en vain des mariages à proclamer; ils s'approchaient des orgues qui ne célébraient plus les joies du ciel ni les tristesses de l'homme; ensemble ils visitaient les silencieux dortoirs où tous les enfants dormaient depuis cinq générations.

« Ils attendent l'aube céleste, — se dit tout bas à lui-même le Noir Interprète, — et quand cette aube paraîtra, les cloches et les orgues pousseront un chant

de jubilation répété par les échos du Paradis. — Et
puis, se tournant vers moi, il disait : Voilà qui est
mélancolique et déplorable; mais une moindre cala-
mité n'aurait pas suffi pour les desseins de Dieu.
Comprends bien ceci... Le temps présent se réduit à un
point mathématique, et même ce point mathématique
périt mille fois avant que nous ayons pu affirmer sa
naissance. Dans le présent, tout est fini, et aussi bien
ce fini est infini dans la vélocité de sa fuite vers la mort.
Mais en Dieu il n'y a rien de fini; en Dieu il n'y a rien
de transitoire; en Dieu il n'y a rien qui tende vers la
mort. Il s'ensuit que pour Dieu le présent n'existe pas.
Pour Dieu, le présent, c'est le futur, et c'est pour le
futur qu'il sacrifie le présent de l'homme. C'est pourquoi il opère par le tremblement de terre. C'est pourquoi il travaille par la douleur. Oh! profond est le
labourage du tremblement de terre! Oh! profond (et ici
sa voix s'enflait comme un *sanctus* qui s'élève du
chœur d'une cathédrale), profond est le labour de la
douleur! mais il ne faut pas moins que cela pour
l'agriculture de Dieu. Sur une nuit de tremblement
de terre, il bâtit à l'homme d'agréables habitations
pour mille ans. De la douleur d'un enfant il tire de
glorieuses vendanges spirituelles qui, autrement,
n'auraient pu être récoltées. Avec des charrues moins
cruelles, le sol réfractaire n'aurait pas été remué. A la
terre, notre planète, à l'habitacle de l'homme, il faut la
secousse; et la douleur est plus souvent encore nécessaire comme étant le plus puissant outil de Dieu;
— oui (et il me regardait avec un air solennel), elle est
indispensable aux enfants mystérieux de la terre! »

IX

CONCLUSION

Ces longues rêveries, ces tableaux poétiques, malgré leur caractère symbolique général, *illustrent* mieux, pour un lecteur intelligent, le caractère moral de notre auteur, que ne le feraient désormais des anecdotes ou des notes biographiques. Dans la dernière partie des *Suspiria*, il fait encore comme avec plaisir un retour vers les années déjà si lointaines, et ce qui est vraiment précieux, là comme ailleurs, ce n'est pas le fait, mais le commentaire, commentaire souvent noir, amer, désolé; pensée solitaire, qui aspire à s'envoler loin de ce sol et loin du théâtre des luttes humaines; grands coups d'aile vers le ciel; monologue d'une âme qui fut toujours trop facile à blesser. Ici comme dans les parties déjà analysées, cette pensée est le *thyrse* dont il a si plaisamment parlé, avec la candeur d'un vaga-bond qui se connaît bien. Le sujet n'a pas d'autre valeur que celle d'un bâton sec et nu; mais les rubans, les pampres et les fleurs peuvent être, par leurs entre-lacements folâtres, une richesse précieuse pour les yeux. La pensée de De Quincey n'est pas seulement sinueuse; le mot n'est pas assez fort : elle est naturelle-ment spirale. D'ailleurs, ces commentaires et ces réflexions seraient trop longs à analyser, et je dois me souvenir que le but de ce travail était de montrer, par un exemple, les effets de l'opium sur un esprit méditatif et enclin à la rêverie. Je crois ce but rempli.

Il me suffira de dire que le penseur solitaire revient avec complaisance sur cette sensibilité précoce qui fut pour lui la source de tant d'horreurs et de tant de

jouissances; sur son amour immense de la liberté, et sur
le frisson que lui inspirait la responsabilité. « L'horreur
de la vie se mêlait déjà, dans ma première jeunesse,
avec la douceur céleste de la vie. » Il y a dans ces dernières pages des *Suspiria* quelque chose de funèbre, de
corrodé et d'aspirant ailleurs qu'aux choses de la terre.
Çà et là, à propos d'aventures de jeunesse, l'enjoue-
ment et la bonne humeur, la bonne grâce à se moquer
de soi-même dont il a fait si souvent preuve, se fau-
filent quelquefois encore; mais, ce qui est le plus *voyant*
et ce qui saute à l'œil, ce sont les explosions lyriques
d'une mélancolie incurable. Par exemple, à propos des
êtres qui gênent notre liberté, contristent nos sentiments et violent les droits les plus légitimes de la jeunesse, il s'écrie : « Oh! comment se fait-il que ceux-là
s'intitulent eux-mêmes les *amis* de cet homme ou de
cette femme, qui sont justement ceux que, plutôt que
tous autres, cet homme ou cette femme, à l'heure
suprême de la mort, saluera de cet adieu : Plût au ciel
que je n'eusse jamais vu votre face! » Ou bien il laisse
cyniquement s'envoler cet aveu, qui a pour moi, je le
confesse avec la même candeur, un charme presque
fraternel : « Généralement, les rares individus qui ont
excité mon dégoût en ce monde étaient des gens flo-
rissants et de bonne renommée. Quant aux coquins
que j'ai connus, et ils ne sont pas en petit nombre, je
pense à eux, à tous sans exceptions, avec plaisir et
bienveillance. » Notons, en passant, que cette belle
réflexion vient encore à propos de l'attorney aux
affaires équivoques. Ou bien ailleurs il affirme que, si la
vie pouvait magiquement s'ouvrir devant nous, si
notre œil, jeune encore, pouvait parcourir les corridors,
scruter les salles et les chambres de cette hôtellerie,
théâtres des futures tragédies et des châtiments qui nous
attendent, nous et nos amis, tous, nous reculerions
frémissants d'horreur! Après avoir peint, avec une
grâce et un luxe de couleurs inimitables, un tableau de
bien-être, de splendeur et de pureté domestiques, la
beauté et la bonté encadrées dans la richesse, il nous
montre successivement les gracieuses héroïnes de la
famille, toutes, de mère en fille, traversant, chacune à

son tour, de lourds nuages de malheur; et il conclut
en disant : « Nous pouvons regarder la mort en face;
mais sachant, comme quelques-uns d'entre nous le
savent aujourd'hui, ce qu'est la vie humaine, qui pourrait sans frissonner (en supposant qu'il en fût averti)
regarder en face l'heure de sa naissance? »

Je trouve au bas d'une page une note qui, rapprochée
de la mort récente de De Quincey, prend une signification lugubre. Les *Suspiria de profundis* devaient,
dans la pensée de l'auteur, s'étendre et s'agrandir singulièrement. La note annonce que la légende sur les
Sœurs des Tristesses fournira une division naturelle
pour les publications postérieures. Ainsi, de même que
la première partie (la mort d'Elisabeth et les regrets
de son frère) se rapporte logiquement à la Madone ou
Notre-Dame des Larmes, de même une partie nouvelle,
les Mondes des Pariahs, devait se ranger sous l'invocation de Notre-Dame des Soupirs; enfin, Notre-
Dame des Ténèbres devait *patronner le royaume des
Ténèbres.* Mais la Mort, que nous ne consultons pas
sur nos projets et à qui nous ne pouvons pas demander
son acquiescement, la Mort, qui nous laisse rêver
de bonheur et de renommée et qui ne dit ni oui ni non,
sort brusquement de son embuscade, et balaye d'un
coup d'aile nos plans, nos rêves et les architectures
idéales où nous abritions en pensée la gloire de nos
derniers jours!

COMPLÉMENTS

LE VIN[1]

L'AME DU VIN

Un soir, l'âme du vin chantait dans les bouteilles :
« Homme, vers toi je pousse, ô cher déshérité,
Sous ma prison de verre et mes cires vermeilles,
4   Un chant plein de lumière et de fraternité!

Je sais combien il faut, sur la colline en flamme,
De peine, de sueur et de soleil cuisant
Pour engendrer ma vie et pour me donner l'âme;
8   Mais je ne serai point ingrat ni malfaisant,

Car j'éprouve une joie immense quand je tombe
Dans le gosier d'un homme usé par ses travaux,
Et sa chaude poitrine est une douce tombe
12   Où je me plais bien mieux que dans mes froids
                               [caveaux.

Entends-tu retentir les refrains des dimanches
Et l'espoir qui gazouille en mon sein palpitant?
Les coudes sur la table et retroussant tes manches,
16   Tu me glorifieras et tu seras content;

1. Nous reproduisons ici les pièces du cycle du *Vin* des *Fleurs du mal*. (Note des éditeurs.)

      J'allumerai les yeux de ta femme ravie;
      A ton fils je rendrai sa force et ses couleurs
      Et serai pour ce frêle athlète de la vie
20   L'huile qui raffermit les muscles des lutteurs.

      En toi je tomberai, végétale ambroisie,
      Grain précieux jeté par l'éternel Semeur,
      Pour que de notre amour naisse la poésie
24   Qui jaillira vers Dieu comme une rare fleur! »

LE VIN DES CHIFFONNIERS

      Souvent, à la clarté rouge d'un réverbère
      Dont le vent bat la flamme et tourmente le verre,
      Au cœur d'un vieux faubourg, labyrinthe fangeux
4   Où l'humanité grouille en ferments orageux,

      On voit un chiffonnier qui vient, hochant la tête,
      Butant, et se cognant aux murs comme un poète,
      Et, sans prendre souci des mouchards, ses sujets,
8   Epanche tout son cœur en glorieux projets.

      Il prête des serments, dicte des lois sublimes,
      Terrasse les méchants, relève les victimes,
      Et sous le firmament comme un dais suspendu
12 S'enivre des splendeurs de sa propre vertu.

      Oui, ces gens harcelés de chagrins de ménage,
      Moulus par le travail et tourmentés par l'âge,
      Ereintés et pliant sous un tas de débris,
16 Vomissement confus de l'énorme Paris,

      Reviennent, parfumés d'une odeur de futailles,
      Suivis de compagnons, blanchis dans les batailles,
      Dont la moustache pend comme les vieux dra-
                                [peaux.
20 Les bannières, les fleurs et les arcs triomphaux

Se dressent devant eux, solennelle magie!
Et dans l'étourdissante et lumineuse orgie
Des clairons, du soleil, des cris et du tambour,
24   Ils apportent la gloire au peuple ivre d'amour!

C'est ainsi qu'à travers l'Humanité frivole
Le vin roule de l'or, éblouissant Pactole;
Par le gosier de l'homme il chante ses exploits
28   Et règne par ses dons ainsi que les vrais rois.

Pour noyer la rancœur et bercer l'indolence
De tous ces vieux maudits qui meurent en silence,
Dieu, touché de remords, avait fait le sommeil;
32   L'Homme ajouta le Vin, fils sacré du Soleil!

LE VIN DE L'ASSASSIN

Ma femme est morte, je suis libre!
Je puis donc boire tout mon soûl.
Lorsque je rentrais sans un sou,
4   Ses cris me déchiraient la fibre.

Autant qu'un roi je suis heureux;
L'air est pur, le ciel admirable...
Nous avions un été semblable
8   Lorsque j'en devins amoureux!

L'horrible soif qui me déchire
Aurait besoin pour s'assouvir
D'autant de vin qu'en peut tenir
12   Son tombeau; — ce n'est pas peu dire :

Je l'ai jetée au fond d'un puits,
Et j'ai même poussé sur elle
Tous les pavés de la margelle.
16   — Je l'oublierai si je le puis!

Au nom des serments de tendresse,
Dont rien ne peut nous délier,
Et pour nous réconcilier
20   Comme au beau temps de notre ivresse,

J'implorai d'elle un rendez-vous,
Le soir, sur une route obscure.
Elle y vint ! — folle créature !
24   Nous sommes tous plus ou moins fous !

Elle était encore jolie,
Quoique bien fatiguée ! et moi,
Je l'aimais trop ! voilà pourquoi
28   Je lui dis : Sors de cette vie !

Nul ne peut me comprendre. Un seul
Parmi ces ivrognes stupides
Songea-t-il dans ses nuits morbides
32   A faire du vin un linceul ?

Cette crapule invulnérable
Comme les machines de fer
Jamais, ni l'été ni l'hiver,
36   N'a connu l'amour véritable,

Avec ses noirs enchantements,
Son cortège infernal d'alarmes,
Ses fioles de poison, ses larmes,
40   Ses bruits de chaîne et d'ossements !

— Me voilà libre et solitaire !
Je serai ce soir ivre mort ;
Alors, sans peur et sans remord,
44   Je me coucherai sur la terre,

Et je dormirai comme un chien !
Le chariot aux lourdes roues
Chargé de pierres et de boues,
48   Le wagon enragé peut bien

Ecraser ma tête coupable
Ou me couper par le milieu,
Je m'en moque comme de Dieu,
52 Du Diable ou de la Sainte Table!

LE VIN DU SOLITAIRE

Le regard singulier d'une femme galante
Qui se glisse vers nous comme le rayon blanc
Que la lune onduleuse envoie au lac tremblant,
4 Quand elle y veut baigner sa beauté nonchalante;

Le dernier sac d'écus dans les doigts d'un joueur;
Un baiser libertin de la maigre Adeline;
Les sons d'une musique énervante et câline,
8 Semblable au cri lointain de l'humaine douleur,

Tout cela ne vaut pas, ô bouteille profonde,
Les baumes pénétrants que ta panse féconde
11 Garde au cœur altéré du poète pieux;

Tu lui verses l'espoir, la jeunesse et la vie,
— Et l'orgueil, ce trésor de toute gueuserie,
14 Qui nous rend triomphants et semblables aux
                                                    [Dieux!

LE VIN DES AMANTS

Aujourd'hui l'espace est splendide!
Sans mors, sans éperons, sans bride,
Partons à cheval sur le vin
4 Pour un ciel féerique et divin!

Comme deux anges que torture
Une implacable calenture,
Dans le bleu cristal du matin
8 Suivons le mirage lointain!

Mollement balancés sur l'aile
Du tourbillon intelligent,
11   Dans un délire parallèle,

Ma sœur, côte à côte nageant,
Nous fuirons sans repos ni trêves
14   Vers le paradis de mes rêves!

DU VIN ET DU HASCHISCH,
COMPARÉS COMME MOYENS
DE MULTIPLICATION DE L'INDIVIDUALITÉ

I

LE VIN

Un homme très célèbre, qui était en même temps un grand sot, choses qui vont très bien ensemble, à ce qu'il paraît, ainsi que j'aurai plus d'une fois sans doute le douloureux plaisir de le démontrer, a osé, dans un livre sur la Table, composé au double point de vue de l'hygiène et du plaisir, écrire ce qui suit à l'article Vɪɴ : « Le patriarche Noé passe pour être l'inventeur du vin; c'est une liqueur qui se fait avec le fruit de la vigne. »

Et après? Après, rien : c'est tout. Vous aurez beau feuilleter le volume, le retourner dans tous les sens, le lire à rebours, à l'envers, de droite à gauche et de gauche à droite, vous ne trouverez pas autre chose sur le vin dans la *Physiologie du Goût* du très illustre et très respecté Brillat-Savarin : « *Le patriarche Noé...* » et « *c'est une liqueur...* ».

Je suppose qu'un habitant de la lune ou de quelque planète éloignée, voyageant sur notre monde, et fatigué de ses longues étapes, pense à se rafraîchir le palais et à se réchauffer l'estomac. Il tient à se mettre au courant des plaisirs et des coutumes de notre terre. Il a vaguement ouï parler de liqueurs délicieuses avec lesquelles les citoyens de cette boule se procuraient à volonté du courage et de la gaîté. Pour être plus sûr de son choix, l'habitant de la lune ouvre l'oracle du goût, le célèbre et infaillible Brillat-Savarin, et il y trouve, à l'article Vin, ce renseignement précieux : *Le patriarche Noé... et cette liqueur se fait...* Cela est tout à fait digestif. Cela est très explicatif. Il est impossible, après avoir lu cette phrase, de n'avoir pas une idée juste et nette de tous les vins, de leurs différentes qualités, de leurs inconvénients, de leur puissance sur l'estomac et sur le cerveau.

Ah! chers amis, ne lisez pas Brillat-Savarin. *Dieu préserve ceux qu'il chérit des lectures inutiles;* c'est la première maxime d'un petit livre de Lavater, un philosophe qui a aimé les hommes plus que tous les magistrats du monde ancien et moderne. On n'a baptisé aucun gâteau du nom de Lavater; mais la mémoire de cet homme angélique vivra encore parmi les chrétiens, quand les braves bourgeois eux-mêmes auront oublié le *Brillat-Savarin*, espèce de brioche insipide dont le moindre défaut est de servir de prétexte à une *dégoisade* de maximes niaisement pédantesques tirées du fameux chef-d'œuvre.

Si une nouvelle édition de ce faux chef-d'œuvre ose affronter le bon sens de l'humanité moderne, buveurs mélancoliques, buveurs joyeux, vous tous qui cherchez dans le vin le souvenir ou l'oubli, et qui, ne le trouvant jamais assez complet à votre gré, ne contemplez plus le ciel que par le cul de la bouteille *, buveurs oubliés et méconnus, achèterez-vous un exemplaire et rendrez-vous le bien pour le mal, le bienfait pour l'indifférence?

J'ouvre le *Kreisleriana* du divin Hoffmann, et j'y lis une curieuse recommandation. Le musicien consciencieux doit se servir du vin de Champagne pour composer un opéra-comique. Il y trouvera la gaîté mousseuse et légère que réclame le genre. La musique religieuse demande du vin du Rhin ou du Jurançon. Comme au fond des idées profondes, il y a là une amertume enivrante; mais la musique héroïque ne peut pas se passer de vin de Bourgogne. Il a la fougue sérieuse et l'entraî-

---

*. Béroalde de Verville. *Moyens* [sic] *de parvenir.*

nement du patriotisme. Voilà certainement qui est
mieux, et outre le sentiment passionné d'un buveur,
j'y trouve une impartialité qui fait le plus grand honneur à un Allemand.

Hoffmann avait dressé un singulier baromètre psychologique destiné à lui représenter les différentes tem-
pératures et les phénomènes atmosphériques de son
âme. On y trouve des divisions telles que celles-ci :
Esprit légèrement ironique tempéré d'indulgence;
esprit de solitude avec profond contentement de moi-
même; gaîté musicale, enthousiasme musical, tempête
musicale, gaîté sarcastique insupportable à moi-même,
aspiration à sortir de mon *moi*, objectivité excessive,
fusion de mon être avec la nature. Il va sans dire que
les divisions du baromètre moral d'Hoffmann étaient
fixées suivant leur ordre de génération, comme dans les
baromètres ordinaires. Il me semble qu'il y a entre ce
baromètre psychique et l'explication des qualités musicales des vins une fraternité évidente.

Hoffmann, au moment où la mort vint le prendre,
commençait à gagner de l'argent. La fortune lui sou-
riait. Comme notre cher et grand Balzac, ce fut vers
les derniers temps seulement qu'il vit briller l'aurore
boréale de ses plus anciennes espérances. A cette
époque, les éditeurs, qui se disputaient ses contes pour
leurs almanachs, avaient coutume, pour se mettre dans
ses bonnes grâces, d'ajouter à leur envoi d'argent une
caisse de vins de France.

II

Profondes joies du vin, qui ne vous a connues? Quiconque a eu un remords à apaiser, un souvenir à évoquer, une douleur à noyer, un château en Espagne à
bâtir, tous enfin vous ont invoqué, dieu mystérieux
caché dans les fibres de la vigne. Qu'ils sont grands
les spectacles du vin, illuminés par le soleil intérieur!
Qu'elle est vraie et brûlante cette seconde jeunesse que

l'homme puise en lui! Mais combien sont redoutables aussi ses voluptés foudroyantes et ses enchantements énervants. Et cependant dites, en votre âme et conscience, juges, législateurs, hommes du monde, vous tous que le bonheur rend doux, à qui la fortune rend la vertu et la santé faciles, dites, qui de vous aura le courage impitoyable de condamner l'homme qui boit du génie?

D'ailleurs le vin n'est pas toujours ce terrible lutteur sûr de sa victoire, et ayant juré de n'avoir ni pitié ni merci. Le vin est semblable à l'homme : on ne saura jamais jusqu'à quel point on peut l'estimer et le mépriser, l'aimer et le haïr, ni de combien d'actions sublimes ou de forfaits monstrueux il est capable. Ne soyons donc pas plus cruels envers lui qu'envers nous-mêmes, et traitons-le comme notre égal.

Il me semble parfois que j'entends dire au vin : — Il parle avec son âme, avec cette voix des esprits qui n'est entendue que des esprits. — « Homme, mon bien-aimé, je veux pousser vers toi, en dépit de ma prison de verre et de mes verrous de liège, un chant plein de fraternité, un chant plein de joie, de lumière et d'espérance. Je ne suis point ingrat; je sais que je te dois la vie. Je sais ce qu'il t'en a coûté de labeur et de soleil sur les épaules. Tu m'as donné la vie, je t'en récompenserai. Je te payerai largement ma dette; car j'éprouve une joie extraordinaire quand je tombe au fond d'un gosier altéré par le travail. La poitrine d'un honnête homme est un séjour qui me plaît bien mieux que ces caves mélancoliques et insensibles. C'est une tombe joyeuse où j'accomplis ma destinée avec enthousiasme. Je fais dans l'estomac du travailleur un grand remue-ménage, et de là par des escaliers invisibles je monte dans son cerveau où j'exécute ma danse suprême.

« Entends-tu s'agiter en moi et résonner les puissants refrains des temps anciens, les chants de l'amour et de la gloire? Je suis l'âme de la patrie, je suis moitié galant, moitié militaire. Je suis l'espoir des dimanches. *Le travail fait les jours prospères*, le vin fait les dimanches heureux. Les coudes sur la table de famille et les manches retroussées, tu me glorifieras fièrement, et tu seras vraiment content.

« J'allumerai les yeux de ta vieille femme, la vieille compagne de tes chagrins journaliers et de tes plus vieilles espérances. J'attendrirai son regard et je mettrai au fond de sa prunelle l'éclair de sa jeunesse. Et ton cher petit, tout pâlot, ce pauvre petit ânon attelé à la même fatigue que le limonier, je lui rendrai les belles couleurs de son berceau, et je serai pour ce nouvel athlète de la vie l'huile qui raffermissait les muscles des anciens lutteurs.

« Je tomberai au fond de ta poitrine comme une ambroisie végétale. Je serai le grain qui fertilise le sillon douloureusement creusé. Notre intime réunion créera la poésie. A nous deux nous ferons un Dieu, et nous voltigerons vers l'infini, comme les oiseaux, les papillons, les fils de la Vierge, les parfums et toutes les choses ailées. »

Voilà ce que chante le vin dans son langage mystérieux. Malheur à celui dont le cœur égoïste et fermé aux douleurs de ses frères n'a jamais entendu cette chanson !

J'ai souvent pensé que si Jésus-Christ paraissait aujourd'hui sur le banc des accusés, il se trouverait quelque procureur qui démontrerait que son cas est aggravé par la récidive. Quant au vin, il récidive tous les jours. Tous les jours il répète ses bienfaits. C'est sans doute ce qui explique l'acharnement des moralistes contre lui. Quand je dis moralistes, j'entends pseudo-moralistes pharisiens.

Mais voici bien autre chose. Descendons un peu plus bas. Contemplons un de ces êtres mystérieux, vivant pour ainsi dire des déjections des grandes villes ; car il y a de singuliers métiers. Le nombre en est immense. J'ai quelquefois pensé avec terreur qu'il y avait des métiers qui ne comportaient aucune joie, des métiers sans plaisir, des fatigues sans soulagement, des douleurs sans compensation. Je me trompais. Voici un homme chargé de ramasser les débris d'une journée de la capitale. Tout ce que la grande cité a rejeté, tout ce qu'elle a perdu, tout ce qu'elle a dédaigné, tout ce

qu'elle a brisé, il le catalogue, il le collectionne. Il
compulse les archives de la débauche, le capharnaüm
des rebuts. Il fait un triage, un choix intelligent; il
ramasse, comme un avare un trésor, les ordures qui,
remâchées par la divinité de l'Industrie, deviendront des
objets d'utilité ou de jouissance. Le voici qui, à la
clarté sombre des réverbères tourmentés par le vent de
la nuit, remonte une des longues rues tortueuses et peu-
plées de petits ménages de la montagne Sainte-Gene-
viève. Il est revêtu de son *châle d'osier avec son numéro
sept.* Il arrive hochant la tête et butant sur les pavés,
comme les jeunes poètes qui passent toutes leurs journées à errer et à chercher des rimes. Il parle tout seul;
il verse son âme dans l'air froid et ténébreux de la
nuit. C'est un monologue splendide à faire prendre en
pitié les tragédies les plus lyriques. « En avant! marche!
division, tête, armée! » Exactement comme Buona-
parte agonisant à Sainte-Hélène! Il paraît que le
numéro *sept* s'est changé en sceptre de fer, et le *châle
d'osier* en manteau impérial. Maintenant il compli-
mente son armée. La bataille est gagnée, mais la journée a été chaude. Il passe à cheval sous des arcs de
triomphe. Son cœur est heureux. Il écoute avec délices
les acclamations d'un monde enthousiaste. Tout à
l'heure il va dicter un code supérieur à tous les codes
connus. Il jure solennellement qu'il rendra ses peuples
heureux. La misère et le vice ont disparu de l'humanité.

Et cependant il a le dos et les reins écorchés par le
poids de sa hotte. Il est harcelé de chagrins de ménage.
Il est moulu par quarante ans de travail et de courses.
L'âge le tourmente. Mais le vin, comme un Pactole
nouveau, roule à travers l'humanité languissante un or
intellectuel. Comme les bons rois, il règne par ses services et chante ses exploits par le gosier de ses sujets.

Il y a sur la boule terrestre une foule innombrable,
innomée, dont le sommeil n'endormirait pas suffisamment les souffrances. Le vin compose pour eux des
chants et des poèmes.

Beaucoup de personnes me trouveront sans doute
bien indulgent. « Vous innocentez l'ivrognerie, vous

idéalisez la crapule. » J'avoue que devant les bienfaits je n'ai pas le courage de compter les griefs. D'ailleurs, j'ai dit que le vin était assimilable à l'homme, et j'ai accordé que leurs crimes étaient égaux à leurs vertus. Puis-je mieux faire? J'ai d'ailleurs une autre idée. Si le vin disparaissait de la production humaine, je crois qu'il se ferait dans la santé et dans l'intellect de la planète un vide, une absence, une défectuosité beaucoup plus affreuse que tous les excès et les déviations dont on rend le vin responsable. N'est-il pas raisonnable de penser que les gens qui ne boivent jamais de vin, naïfs ou systématiques, sont des imbéciles ou des hypocrites; des imbéciles, c'est-à-dire des hommes ne connaissant ni l'humanité ni la nature, des artistes repoussant les moyens traditionnels de l'art; des ouvriers blasphémant la mécanique; — des hypocrites, c'est-à-dire des gourmands honteux, des fanfarons de sobriété, buvant en cachette et ayant quelque vin occulte? Un homme qui ne boit que de l'eau a un secret à cacher à ses semblables.

Qu'on en juge : il y a quelques années, à une exposition de peinture, la foule des imbéciles fit émeute devant un tableau poli, ciré, verni comme un objet d'industrie. C'était l'antithèse absolue de l'art; c'était à la Cuisine de Drolling ce que la folie est à la sottise, les séides à l'imitateur. Dans cette peinture microscopique on voyait voler les mouches. J'étais attiré vers ce monstrueux objet comme tout le monde; mais j'étais honteux de cette singulière faiblesse, car c'était l'irrésistible attraction de l'horrible. Enfin, je m'aperçus que j'étais entraîné à mon insu par une curiosité philosophique, l'immense désir de savoir quel pouvait être le caractère moral de l'homme qui avait enfanté une aussi criminelle extravagance. Je pariai avec moi-même qu'il devait être foncièrement méchant. Je fis prendre des renseignements, et mon instinct eut le plaisir de gagner ce pari psychologique. J'appris que le monstre se levait régulièrement avant le jour, qu'il avait ruiné sa femme de ménage, et *qu'il ne buvait que du lait!*

Encore une ou deux histoires, et nous dogmatiserons. Un jour, sur un trottoir, je vois un gros rassemblement;

je parviens à lever les yeux par-dessus les épaules des
badauds, et je vois ceci : un homme étendu par terre,
sur le dos, les yeux ouverts et fixés sur le ciel, un autre
homme, debout devant lui, et lui parlant par gestes
seulement, l'homme à terre lui répondant des yeux
seulement, tous les deux ayant l'air animé d'une prodigieuse bienveillance. Les gestes de l'homme debout
disaient à l'intelligence de l'homme étendu : « Viens,
viens encore, le bonheur est là, à deux pas, viens au
coin de la rue. Nous n'avons pas complètement
perdu de vue la rive du chagrin, nous ne sommes pas
encore au *plein-mer* de la rêverie; allons, courage, ami,
dis à tes jambes de satisfaire ta pensée. »

Tout cela plein de vacillements et de balancements
harmonieux. L'autre était sans doute arrivé au *plein-
mer* (d'ailleurs, il naviguait dans le ruisseau), car son
sourire béat répondait : « Laisse ton ami tranquille.
La rive du chagrin a suffisamment disparu derrière les
brouillards bienfaisants; je n'ai plus rien à demander
au ciel de la rêverie. » Je crois même avoir entendu une
phrase vague, ou plutôt un soupir vaguement formulé
en paroles s'échapper de sa bouche : « Il faut être raisonnable. » Ceci est le comble du sublime. Mais dans
l'ivresse il y a de l'hyper-sublime, comme vous allez
voir. L'ami toujours plein d'indulgence s'en va seul au
cabaret, puis il revient une corde à la main. Sans doute
il ne pouvait pas souffrir l'idée de naviguer seul et de
courir seul après le bonheur; c'est pour cela qu'il
venait chercher son ami en voiture. La voiture, c'est la
corde; il lui passe la voiture autour des reins. L'ami,
étendu, sourit : il a compris sans doute cette pensée
maternelle. L'autre fait un nœud; puis il se met au pas,
comme un cheval doux et discret, et il charrie son ami
jusqu'au rendez-vous du bonheur. L'homme charrié,
ou plutôt traîné et polissant le pavé avec son dos,
sourit toujours d'un sourire ineffable.

La foule reste stupéfaite; car ce qui est trop beau,
ce qui dépasse les forces poétiques de l'homme cause
plus d'étonnement que d'attendrissement.

Il y avait un homme, un Espagnol, un guitariste
qui voyagea longtemps avec Paganini : c'était avant

l'époque de la grande gloire officielle de Paganini.

Ils menaient à eux deux la grande vie vagabonde des bohémiens, des musiciens ambulants, des gens sans famille et sans patrie. Tous deux, violon et guitare, donnaient des concerts partout où ils passaient. Ils ont erré ainsi assez longtemps dans différents pays. Mon Espagnol avait un talent tel, qu'il pouvait dire comme Orphée : « Je suis le maître de la nature. »

Partout où il passait, raclant ses cordes, et les faisant harmonieusement bondir sous le pouce, il était sûr d'être suivi par une foule. Avec un pareil secret on ne meurt jamais de faim. On le suivait comme Jésus-Christ. Le moyen de refuser à dîner et l'hospitalité à l'homme, au génie, au sorcier, qui a fait chanter à votre âme ses plus beaux airs, les plus secrets, les plus inconnus, les plus mystérieux! On m'a assuré que cet homme, d'un instrument qui ne produit que des sons successifs, obtenait facilement des sons continus. Paganini tenait la bourse, il avait la gérance du fonds social, ce qui n'étonnera personne.

La caisse voyageait sur la personne de l'administrateur; tantôt elle était en haut, tantôt elle était en bas, aujourd'hui dans les bottes, demain entre deux coutures de l'habit. Quand le guitariste, qui était fort buveur, demandait où en était la situation financière, Paganini répondait qu'il n'y avait plus rien, du moins presque plus rien; car Paganini était comme les vieilles gens, qui craignent toujours de *manquer*. L'Espagnol le croyait ou feignait de le croire, et, les yeux fixés sur l'horizon de la route, il raclait et tourmentait son inséparable compagne. Paganini marchait de l'autre côté de la route. C'était une convention réciproque, faite pour ne pas se gêner. Chacun étudiait ainsi et travaillait en marchant.

Puis, arrivés dans un endroit qui offrait quelques chances de recette, l'un des deux jouait une de ses compositions, et l'autre improvisait à côté de lui une variation, un accompagnement, un dessous. Ce qu'il y a eu de jouissances et de poésie dans cette vie de troubadour, nul ne le saura jamais. Ils se quittèrent, je ne sais pourquoi. L'Espagnol voyagea seul. Un soir, il

arrive dans une petite ville du Jura ; il fait afficher et
annoncer un concert dans une salle de la mairie. Le
concert, c'est lui, pas autre chose qu'une guitare. Il
s'était fait connaître en raclant dans quelques cafés,
et il y avait quelques musiciens dans la ville qui avaient
été frappés de cet étrange talent. Enfin il vint beaucoup
de monde.

Mon Espagnol avait déterré dans un coin de la ville,
à côté du cimetière, un autre Espagnol, un *pays*.
Celui-ci était une espèce d'entrepreneur de sépultures,
un marbrier fabricant de tombeaux. Comme tous les
gens à métiers funèbres, il buvait bien. Aussi la bouteille et la patrie commune les menèrent loin ; le musicien ne quittait plus le marbrier. Le jour même du
concert, l'heure arrivée, ils étaient ensemble, mais où ?
C'est ce qu'il fallait savoir. On battit tous les cabarets
de la ville, tous les cafés. Enfin on le déterra avec son
ami, dans un bouge indescriptible, et parfaitement ivre,
l'autre aussi. Suivent des scènes analogues, à la Kean
et à la Frédérick. Enfin il consent à aller jouer ; mais
le voilà pris d'une idée subite : « Tu joueras avec moi »,
dit-il à son ami. Celui-ci refuse ; il avait un violon, mais
il en jouait comme le plus épouvantable ménétrier.
« Tu joueras, ou bien je ne joue pas. »

Il n'y a pas de sermons ni de bonnes raisons qui
tiennent ; il fallut céder. Les voilà sur l'estrade, devant
la fine bourgeoisie de l'endroit. « Apportez du vin »,
dit l'Espagnol. Le faiseur de sépultures, qui était connu
de tout le monde, mais nullement comme musicien,
était trop ivre pour être honteux. Le vin apporté, l'on
n'a plus la patience de déboucher les bouteilles. Mes
vilains garnements les guillotinent à coups de couteau,
comme les gens mal élevés. Jugez quel bel effet sur la
province en toilette ! Les dames se retirent, et devant
ces deux ivrognes, qui avaient l'air à moitié fous, beaucoup de gens se sauvent scandalisés.

Mais bien en prit à ceux chez qui la pudeur n'éteignit
pas la curiosité et qui eurent le courage de rester. « Commence », dit le guitariste au marbrier. Il est impossible
d'exprimer quel genre de sons sortit du violon ivre ;
Bacchus en délire taillant de la pierre avec une scie.

Que joua-t-il, ou qu'essaya-t-il de jouer? Peu importe,
le premier air venu. Tout à coup, une mélodie énergique et suave, capricieuse et une à la fois, enveloppe,
étouffe, éteint, dissimule le tapage criard. La guitare
chante si haut que le violon ne s'entend plus. Et
cependant c'est bien l'air, l'air aviné qu'avait entamé le
marbrier.

La guitare s'exprime avec une sonorité énorme; elle
jase, elle chante, elle déclame avec une verve effrayante,
et une sûreté, une pureté inouïes de diction. La guitare
improvisait une variation sur le thème du violon
d'aveugle. Elle se laissait guider par lui, et elle habillait
splendidement et maternellement la grêle nudité de ses
sons. Mon lecteur comprendra que ceci est indescriptible; un témoin vrai et sérieux m'a raconté la chose.
Le public à la fin était plus ivre que lui. L'Espagnol fut
fêté, complimenté, salué par un enthousiasme immense.
Mais sans doute le caractère des gens du pays lui
déplut; car ce fut la seule fois qu'il consentit à jouer.

Et maintenant où est-il? Quel soleil a contemplé ses
derniers rêves? Quel sol a reçu sa dépouille cosmo-
polite? Quel fossé a abrité son agonie? Où sont les
parfums enivrants des fleurs disparues? Où sont les
couleurs féeriques des anciens soleils couchants?

III

Je ne vous ai rien appris sans doute de bien nouveau.
Le vin est connu de tous; il est aimé de tous. Quand il
y aura un vrai médecin philosophe, chose qui ne se
voit guère, il pourra faire une puissante étude sur le vin,
une sorte de psychologie double dont le vin et l'homme
composent les deux termes. Il expliquera comment et
pourquoi certaines boissons contiennent la faculté
d'augmenter outre mesure la personnalité de l'être
pensant, et de créer, pour ainsi dire, une troisième
personne, opération mystique, où l'homme naturel
et le vin, le dieu animal et le dieu végétal, jouent le

rôle du Père et du Fils dans la Trinité ; ils engendrent un Saint-Esprit, qui est l'homme supérieur, lequel procède également des deux.

Il y a des gens chez qui le dégourdissement du vin est si puissant que leurs jambes deviennent plus fermes et l'oreille excessivement fine. J'ai connu un individu dont la vue affaiblie retrouvait dans l'ivresse toute sa force perçante primitive. Le vin changeait la taupe en aigle.

Un vieil auteur inconnu a dit : Rien n'égale la joie de l'homme qui boit, si ce n'est la joie du vin d'être bu. En effet, le vin joue un rôle intime dans la vie de l'humanité, si intime que je ne serais pas étonné que, séduits par une idée panthéistique, quelques esprits raisonnables lui attribuassent une espèce de personnalité. Le vin et l'homme me font l'effet de deux lutteurs amis sans cesse combattant, sans cesse réconciliés. Le vaincu embrasse toujours le vainqueur.

Il y a des ivrognes méchants ; ce sont des gens naturellement méchants. L'homme mauvais devient exécrable, comme le bon devient excellent.

Je vais parler tout à l'heure d'une substance mise à la mode depuis quelques années, espèce de drogue délicieuse pour une certaine catégorie de dilettantistes, dont les effets sont bien autrement foudroyants et puissants que ceux du vin. J'en décrirai avec soin tous les effets, puis, reprenant la peinture des différentes efficacités du vin, je comparerai ces deux moyens artificiels, par lesquels l'homme exaspérant sa personnalité crée, pour ainsi dire, en lui une sorte de divinité.

Je montrerai les inconvénients du haschisch, dont le moindre, malgré les trésors de bienveillance inconnus qu'il fait germer en apparence dans le cœur, ou plutôt dans le cerveau de l'homme, dont le moindre défaut, dis-je, est d'être antisocial, tandis que le vin est profondément humain, et j'oserais presque dire homme d'action.

IV

LE HASCHISCH

Quand on fait la moisson du chanvre, il se passe quelquefois d'étranges phénomènes dans la personne des travailleurs mâles et femelles. On dirait qu'il s'élève de la moisson je ne sais quel esprit vertigineux qui circule autour des jambes et monte malicieusement jusqu'au cerveau. La tête du moissonneur est pleine de tourbillons, d'autres fois elle est chargée de rêverie. Les membres s'affaiblissent et refusent le service. Du reste, il m'est arrivé, à moi, enfant, jouant et me roulant dans des amas de luzerne, des phénomènes analogues.

On a essayé de faire du haschisch avec du chanvre de France. Tous les essais jusqu'à présent ont été mauvais, et les enragés qui veulent à tout prix se procurer des jouissances féeriques ont continué à se servir du haschisch qui avait traversé la Méditerranée, c'est-à-dire fait avec du chanvre indien ou égyptien. La composition du haschisch est faite d'une décoction de chanvre indien, de beurre et d'une petite quantité d'opium.

Voici une confiture verte, singulièrement odorante, tellement odorante qu'elle soulève une certaine répulsion, comme le ferait, du reste, toute odeur fine portée à son maximum de force et pour ainsi dire de densité. Prenez-en gros comme une noix, remplissez-en une petite cuiller, et vous possédez le bonheur; le bonheur absolu avec toutes ses ivresses, toutes ses folies de jeunesse, et aussi ses béatitudes infinies. Le bonheur est là, sous la forme d'un petit morceau de confiture; prenez-en sans crainte, on n'en meurt pas; les organes physiques n'en reçoivent aucune atteinte grave. Peut-être votre volonté en sera-t-elle amoindrie, ceci est une autre affaire.

Généralement pour donner au haschisch toute sa force et tout son développement, il faut le délayer dans

du café noir très chaud, et le prendre à jeun ; le dîner
est rejeté vers dix heures ou minuit ; une soupe très
légère seule est permise. Une infraction à cette règle si
simple produirait ou des vomissements, le dîner se
querellant avec la drogue, ou l'inefficacité du haschisch.
Beaucoup d'ignorants ou d'imbéciles qui se conduisent
ainsi accusent le haschisch d'impuissance.

A peine la petite drogue absorbée, opération qui, du
reste, demande une certaine résolution, car, ainsi que je
l'ai dit, la mixture est tellement odorante qu'elle cause
à quelques personnes des velléités de nausées, vous
vous trouvez immédiatement placé dans un état
anxieux. Vous avez entendu vaguement parler des
effets merveilleux du haschisch, votre imagination s'est
fait une idée particulière, un idéal d'ivresse, et il vous
tarde de savoir si la réalité, si le résultat sera adéquat
à votre préconception. Le temps qui s'écoule entre
l'absorption du breuvage et les premiers symptômes
varie suivant les tempéraments et aussi suivant l'habitude. Les personnes qui ont la connaissance et la pratique du haschisch sentent quelquefois, au bout d'une
demi-heure, les premiers symptômes de l'invasion.

J'ai oublié de dire que le haschisch causant dans
l'homme une exaspération de sa personnalité et en
même temps un sentiment très vif des circonstances et
des milieux, il était convenable de ne se soumettre à son
action que dans des milieux et des circonstances favorables. Toute joie, tout bien-être étant surabondant,
toute douleur, toute angoisse est immensément profonde. Ne faites pas par vous-même une pareille
expérience, si vous avez à accomplir quelque affaire
désagréable, si votre esprit se trouve porté au spleen,
si vous avez un billet à payer. Je l'ai dit, le haschisch est
impropre à l'action. Il ne console pas comme le vin ;
il ne fait que développer outre mesure la personnalité
humaine dans les circonstances actuelles où elle est
placée. Autant qu'il se peut, il faut un bel appartement
ou un beau paysage, un esprit libre et dégagé, et
quelques complices dont le tempérament intellectuel
se rapproche du vôtre ; un peu de musique aussi, s'il
est possible.

La plupart du temps, les novices, à leur première initiation, se plaignent de la lenteur des effets. Ils les attendent avec anxiété, et comme cela ne va pas assez vite à leur gré, ils font des fanfaronnades d'incrédulité qui réjouissent beaucoup ceux qui connaissent les choses et la manière dont le haschisch se gouverne. Ce n'est pas une des choses les moins comiques que de voir les premières atteintes apparaître et se multiplier au milieu même de cette incrédulité. D'abord une certaine hilarité saugrenue et irrésistible s'empare de vous. Les mots les plus vulgaires, les idées les plus simples prennent une physionomie bizarre et nouvelle. Cette gaîté vous est insupportable à vous-même; mais il est inutile de regimber. Le démon vous a envahi; tous les efforts que vous ferez pour résister ne serviront qu'à accélérer les progrès du mal. Vous riez de votre niaiserie et de votre folie; vos camarades vous rient au nez, et vous ne leur en voulez pas, car la bienveillance commence à se manifester.

Cette gaîté languissante, ce malaise dans la joie, cette insécurité, cette indécision de la maladie dure généralement peu de temps. Il arrive quelquefois que des gens tout à fait impropres aux jeux de mots improvisent des enfilades interminables de calembours, des rapprochements d'idées tout à fait improbables, et faits pour dévoyer les maîtres les plus forts dans cet art saugrenu. Au bout de quelques minutes, les rapports d'idées deviennent tellement vagues, les fils qui relient vos conceptions sont si ténus, que vos complices, vos coreligionnaires seuls peuvent vous comprendre. Votre folâtrerie, vos éclats de rire paraissent le comble de la sottise à tout homme qui n'est pas dans le même état que vous.

La sagesse de ce malheureux vous réjouit outre mesure, son sang-froid vous pousse aux dernières limites de l'ironie; il vous paraît le plus fou et le plus ridicule de tous les hommes. Quant à vos camarades, vous vous entendez parfaitement avec eux. Bientôt vous ne vous entendez plus que par les yeux. Le fait est que c'est une situation passablement comique que celle d'hommes qui jouissent d'une gaîté incompréhensible pour qui n'est pas situé dans le même monde qu'eux. Ils le prennent en profonde pitié. Dès lors, l'idée de supériorité pointe à l'horizon de votre intellect. Bientôt elle grandira démesurément.

J'ai été témoin, dans cette première phase, de deux scènes assez grotesques. Un musicien célèbre, qui ignorait les propriétés du haschisch, et n'en avait peut-être jamais entendu parler, arrive au milieu d'une société où presque tout le monde en avait pris. On essaye de lui faire comprendre ses merveilleux effets. Il rit avec grâce, comme un homme qui veut bien *poser* quelques minutes par esprit de bienséance, parce qu'il est bien élevé. On rit beaucoup; car l'homme qui a pris du haschisch est, dans la première phase, doué d'une merveilleuse intelligence du comique. Les éclats de rire, les énormités incompréhensibles, les jeux de mots inextricables, les gestes baroques continuent. Le musicien déclare que cette *charge* d'artistes est mauvaise, que d'ailleurs elle doit être bien fatigante pour les auteurs.

La joie augmente. « Cette charge est peut-être bonne pour vous, pour moi non », dit-il. « Il suffit qu'elle soit bonne pour nous », réplique égoïstement un des malades. Des éclats de rire interminables remplissent la salle. Mon homme se fâche et veut s'en aller. Quelqu'un ferme la porte et cache la clef. Un autre se met à genoux devant lui, et lui déclare en pleurant, au nom de toute la société, que si elle est émue pour lui et pour son infériorité de la plus profonde pitié, elle n'en sera pas moins animée d'une éternelle bienveillance.

On le supplie de faire de la musique, il se résigne. A peine le violon s'était-il fait entendre que les sons qui se répandaient dans l'appartement empoignaient çà et là quelqu'un des malades. Ce n'étaient que soupirs profonds, sanglots, gémissements déchirants, torrents de pleurs. Le musicien épouvanté s'arrête, il se croit dans une maison de fous. Il s'approche de celui dont la béatitude faisait le plus de tapage; il lui demande s'il souffre beaucoup et ce qu'il faudrait faire pour le soulager. Un esprit positif, qui lui non plus n'avait pas goûté de la drogue béatifique, propose de la limonade et des acides. Le malade, l'extase dans les yeux, le regarde avec un indicible mépris; c'est son orgueil qui le sauve des plus graves injures. En effet, quoi de plus propre à exaspérer un malade de joie que de vouloir le guérir?

Voici un phénomène extrêmement curieux, selon moi : une domestique, chargée d'apporter du tabac et des rafraîchissements à des gens pris de haschisch, se voyant entourée de têtes bizarres, d'yeux démesurément agrandis, et comme circonvenue par une atmosphère malsaine, par cette folie collective, part d'un éclat de rire insensé, laisse tomber le plateau qui se brise avec toutes les tasses et les verres, et s'enfuit épouvantée à toutes jambes. Tout le monde rit. Elle a avoué le lendemain avoir éprouvé quelque chose de singulier pendant plusieurs heures, avoir été *toute drôle, toute je ne sais comment.* Cependant elle n'avait pas pris de haschisch.

La seconde phase s'annonce par une sensation de fraîcheur aux extrémités, une grande faiblesse; vous avez, comme on dit, des mains de beurre, une lourdeur de tête et une stupéfaction générale dans tout votre être. Vos yeux s'agrandissent, ils sont comme tirés dans tous les sens par une extase implacable. Votre face se remplit de pâleur, elle devient livide et verdâtre. Les lèvres se rétrécissent, se raccourcissent et semblent vouloir rentrer en dedans. Des soupirs rauques et profonds s'échappent de votre poitrine, comme si votre nature ancienne ne pouvait pas supporter le poids de votre nature nouvelle. Les sens deviennent d'une finesse et d'une acuité extraordinaires. Les yeux percent l'infini. L'oreille perçoit les sons les plus insaisissables au milieu des bruits les plus aigus.

Les hallucinations commencent. Les objets extérieurs prennent des apparences monstrueuses. Ils se révèlent à vous sous des formes inconnues jusque-là. Puis ils se déforment, se transforment, et enfin ils entrent dans votre être, ou bien vous entrez en eux. Les équivoques les plus singulières, les transpositions d'idées les plus inexplicables ont lieu. Les sons ont une couleur, les couleurs ont une musique. Les notes musicales sont des nombres, et vous résolvez avec une rapidité effrayante de prodigieux calculs d'arithmétique à mesure que la musique se déroule dans votre oreille. Vous êtes assis et vous fumez; vous croyez être assis dans votre pipe, et c'est vous que votre pipe fume; c'est vous qui vous exhalez sous la forme de nuages bleuâtres.

Vous vous y trouvez bien, une seule chose vous préoccupe et vous inquiète. Comment ferez-vous pour sortir de votre pipe? Cette imagination dure une éternité. Un intervalle de lucidité avec un grand effort vous permet de regarder à la pendule. L'éternité a duré une minute. Un autre courant d'idées vous emporte; il vous emportera pendant une minute dans son tourbillon vivant, et cette minute sera encore une éternité. Les proportions du temps et de l'être sont dérangées par la multitude innombrable et par l'intensité des sensations et des idées. On vit plusieurs vies d'homme en l'espace d'une heure. C'est bien là le sujet de *La Peau de chagrin*. Il n'y a plus équation entre les organes et les jouissances.

De temps en temps la personnalité disparaît. L'objectivité qui fait certains poètes panthéistiques et les grands comédiens devient telle que vous vous confondez avec les êtres extérieurs. Vous voici arbre mugissant au vent et racontant à la nature des mélodies végétales. Maintenant vous planez dans l'azur du ciel immensément agrandi. Toute douleur a disparu. Vous ne luttez plus, vous êtes emporté, vous n'êtes plus votre maître et vous ne vous en affligez pas. Tout à l'heure l'idée du temps disparaîtra complètement. De temps en temps encore un petit réveil a lieu. Il vous semble que vous sortez d'un monde merveilleux et fantastique. Vous gardez, il est vrai, la faculté de vous observer vous-même, et demain vous aurez conservé le souvenir de quelques-unes de vos sensations. Mais cette faculté psychologique, vous ne pouvez pas l'appliquer. Je vous défie de tailler une plume ou un crayon; ce serait un labeur au-dessus de vos forces.

D'autres fois la musique vous raconte des poèmes infinis, vous place dans des drames effrayants ou féeriques. Elle s'associe avec les objets qui sont sous vos yeux. Les peintures du plafond, même médiocres ou mauvaises, prennent une vie effrayante. L'eau limpide et enchanteresse coule dans le gazon qui tremble. Les nymphes aux chairs éclatantes vous regardent avec de grands yeux plus limpides que l'eau et l'azur. Vous prendriez votre place et votre rôle dans les plus méchantes peintures, les plus grossiers papiers peints qui tapissent les murs des auberges.

J'ai remarqué que l'eau prenait un charme effrayant pour tous les esprits un peu artistes illuminés par le haschisch. Les eaux courantes, les jets d'eau, les cascades harmonieuses, l'immensité bleue de la mer, roulent, dorment, chantent au fond de votre esprit. Il ne serait peut-être pas bon de laisser un homme en cet état au bord d'une eau limpide; comme le pêcheur de la ballade, il se laisserait peut-être entraîner par l'Ondine.

Vers la fin de la soirée, on peut manger, mais cette opération ne s'accomplit pas sans peine. On se trouve tellement au-dessus des faits matériels qu'on préférerait certainement rester couché tout de son long au fond de son paradis intellectuel. Quelquefois cependant l'appétit se développe d'une manière extraordinaire; mais il faut un grand courage pour remuer une bouteille, une fourchette et un couteau.

La troisième phase, séparée de la seconde par un redoublement de crise, une ivresse vertigineuse suivie d'un nouveau malaise, est quelque chose d'indescriptible. C'est ce que les Orientaux appellent le *kief;* c'est le bonheur absolu. Ce n'est plus quelque chose de tourbillonnant et de tumultueux. C'est une béatitude calme et immobile. Tous les problèmes philosophiques sont résolus. Toutes les questions ardues contre lesquelles s'escriment les théologiens, et qui font le désespoir de l'humanité raisonnante, sont limpides et claires. Toute contradiction est devenue unité. L'homme est *passé* dieu.

Il y a en vous quelque chose qui dit : « Tu es supérieur à tous les hommes, nul ne comprend ce que tu penses, ce que tu sens maintenant. Ils sont même incapables de comprendre l'immense amour que tu éprouves pour eux. Mais il ne faut pas les haïr pour

cela; il faut avoir pitié d'eux. Une immensité de bonheur et de vertu s'ouvre devant toi. Nul ne saura
jamais à quel degré de vertu et d'intelligence tu es parvenu. Vis dans la solitude de ta pensée, et évite d'affliger
les hommes. »

Un des effets les plus grotesques du haschisch est la
crainte poussée jusqu'à la folie la plus méticuleuse
d'affliger qui que ce soit. Vous déguiseriez même, si
vous en aviez la force, l'état extra-naturel où vous êtes,
pour ne pas causer d'inquiétude au dernier des
hommes.

Dans ce suprême état, l'amour, chez les esprits
tendres et artistiques, prend les formes les plus singulières et se prête aux combinaisons les plus baroques.
Un libertinage effréné peut se mêler à un sentiment de
paternité ardente et affectueuse.

Ma dernière observation ne sera pas la moins
curieuse. Quand, le lendemain matin, vous voyez le
jour installé dans votre chambre, votre première sensation est un profond étonnement. Le temps avait
complètement disparu. Tout à l'heure c'était la nuit,
maintenant c'est le jour. « Ai-je dormi, ou n'ai-je pas
dormi? Mon ivresse a-t-elle duré toute la nuit, et la
notion du temps étant supprimée, la nuit entière
n'a-t-elle eu pour moi à peine que la valeur d'une
seconde? ou bien, ai-je été enseveli dans les voiles d'un
sommeil plein de visions? » Il est impossible de le
savoir.

Il vous semble que vous éprouvez un bien-être et une
légèreté d'esprit merveilleuse; nulle fatigue. Mais à
peine êtes-vous debout qu'un vieux reste d'ivresse se
manifeste. Vos jambes faibles vous conduisent avec
timidité, vous craignez de vous casser comme un objet
fragile. Une grande langueur, qui ne manque pas de
charme, s'empare de votre esprit. Vous êtes incapable
de travail et d'énergie dans l'action.

C'est la punition méritée de la prodigalité impie avec
laquelle vous avez fait une si grande dépense de fluide
nerveux. Vous avez jeté votre personnalité aux quatre
vents du ciel, et maintenant vous avez de la peine à la
rassembler et à la concentrer.

V

Je ne dis pas que le haschisch produise sur tous les hommes tous les effets que je viens de décrire. J'ai raconté à peu de chose près les phénomènes qui se produisent généralement, sauf quelques variantes, chez les esprits artistiques et philosophiques. Mais il y a des tempéraments chez qui cette drogue ne développe qu'une folie tapageuse, une gaîté violente qui ressemble à du vertige, des danses, des sauts, des trépignements, des éclats de rire. Ils ont pour ainsi dire un haschisch tout matériel. Ils sont insupportables aux spiritualistes qui les prennent en grande pitié. Leur vilaine personnalité fait éclat. J'ai vu une fois un magistrat respectable, un homme honorable, comme disent d'eux-mêmes les gens du monde, un de ces hommes dont la gravité artificielle impose toujours, au moment où le haschisch fit invasion en lui, se mettre brusquement à sauter un *cancan* des plus indécents. Le monstre intérieur et véridique se révélait. Cet homme qui jugeait les actions de ses semblables, ce *Togatus* avait appris le cancan en cachette.

Ainsi l'on peut affirmer que cette impersonnalité, cet objectivisme dont j'ai parlé et qui n'est que le développement excessif de l'esprit poétique, ne se trouvera jamais dans le haschisch de ces gens-là.

VI

En Egypte, le gouvernement défend la vente et le commerce du haschisch, à l'intérieur du pays du moins. Les malheureux qui ont cette passion viennent chez le pharmacien prendre, sous le prétexte d'acheter une autre drogue, leur petite dose préparée à l'avance. Le gouvernement égyptien a bien raison. Jamais un Etat raisonnable ne pourrait subsister avec l'usage du haschisch. Cela ne fait ni des guerriers ni des citoyens. En effet, il est défendu à l'homme, sous peine de déchéance et de mort intellectuelle, de déranger les conditions primordiales de son existence, et de rompre l'équilibre de ses facultés avec les milieux. S'il existait un gouvernement qui eût intérêt à corrompre ses gouvernés, il n'aurait qu'à encourager l'usage du haschisch.

On dit que cette substance ne cause aucun mal physique. Cela est vrai, jusqu'à présent du moins. Car je ne sais pas jusqu'à quel point on peut dire qu'un homme qui ne ferait que rêver et serait incapable d'action se porterait bien, quand même tous ses membres seraient en bon état. Mais c'est la volonté qui est attaquée, et c'est l'organe le plus précieux. Jamais un homme qui peut, avec une cuillerée de confitures, se procurer instantanément tous les biens du ciel et de la terre, n'en acquerra la millième partie par le travail. Il faut avant tout vivre et travailler.

L'idée m'est venue de parler du vin et du haschisch dans le même article, parce qu'en effet il y a en eux quelque chose de commun : le développement poétique excessif de l'homme. Le goût frénétique de l'homme pour toutes les substances, saines ou dangereuses, qui exaltent sa personnalité, témoigne de sa grandeur. Il aspire toujours à réchauffer ses espérances et à s'élever vers l'infini. Mais il faut voir les résultats. Voici une liqueur qui active la digestion, fortifie les muscles, et enrichit le sang. Prise en grande quantité même, elle ne cause que des désordres assez courts. Voilà une substance qui interrompt les fonctions digestives, qui affaiblit les membres et qui peut causer une ivresse de vingt-quatre heures. Le vin exalte la volonté, le haschisch l'annihile. Le vin est un support physique, le haschisch est une arme pour le suicide. Le vin rend bon et sociable. Le haschisch est isolant. L'un est laborieux pour ainsi dire, l'autre essentiellement paresseux. A quoi bon, en effet, travailler, labourer, écrire, fabriquer quoi que ce soit, quand on peut emporter le paradis d'un seul coup? Enfin le vin est pour le peuple qui travaille et qui mérite d'en boire. Le haschisch appartient à la classe des joies solitaires; il est fait pour les misérables oisifs. Le vin est utile, il produit des résultats fructifiants. Le haschisch est inutile et dangereux *.

VII

Je termine cet article par quelques belles paroles qui ne sont pas de moi, mais d'un remarquable philosophe peu connu, Barbereau, théoricien musical, et professeur au Conservatoire. J'étais auprès de lui dans une société dont quelques personnes avaient pris du bienheureux poison, et il me dit avec un accent de mépris indicible : « Je ne comprends pas pourquoi l'homme rationnel et spirituel se sert de moyens artificiels pour arriver à la béatitude poétique, puisque l'enthousiasme et la volonté suffisent pour l'élever à une existence supra-naturelle. Les grands poètes, les philosophes, les prophètes sont des êtres qui par le pur et libre exercice de la volonté parviennent à un état où ils sont à la fois cause et effet, sujet et objet, magnétiseur et somnambule. »

Je pense exactement comme lui.

*. Il ne faut mentionner que pour mémoire la tentative faite récemment pour appliquer le haschisch à la cure de la folie. Le fou qui prend du haschisch contracte une folie qui chasse l'autre, et quand l'ivresse est passée, la vraie folie, qui est l'état normal du fou, reprend son empire, comme chez nous la raison et la santé. Quelqu'un s'est donné la peine d'écrire un livre là-dessus. Le médecin qui a inventé ce beau système n'est pas le moins du monde philosophe.

ENIVREZ-VOUS [1]

Il faut être toujours ivre. Tout est là : c'est l'unique question. Pour ne pas sentir l'horrible fardeau du Temps qui brise vos épaules et vous penche vers la terre, il faut vous enivrer sans trêve.

Mais de quoi? De vin, de poésie ou de vertu, à votre guise. Mais enivrez-vous.

Et si quelquefois, sur les marches d'un palais, sur l'herbe verte d'un fossé, dans la solitude morne de votre chambre, vous vous réveillez, l'ivresse déjà diminuée ou disparue, demandez au vent, à la vague, à l'étoile, à l'oiseau, à l'horloge, à tout ce qui fuit, à tout ce qui gémit, à tout ce qui roule, à tout ce qui chante, à tout ce qui parle, demandez quelle heure il est; et le vent, la vague, l'étoile, l'oiseau, l'horloge, vous répondront : « Il est l'heure de s'enivrer! Pour n'être pas les esclaves martyrisés du Temps, enivrez-vous sans cesse! De vin, de poésie ou de vertu, à votre guise. »

---

1. Ce poème en prose, paru pour la première fois dans le numéro du *Figaro* du 7 février 1864, est le trente-troisième de l'édition posthume des *Petits Poèmes en Prose* (1869). (Note des éditeurs.)

EXORDE
POUR LES CONFÉRENCES DONNÉES
EN 1864 A BRUXELLES

Messieurs, il me paraissait oiseux de faire un traité complet des excitants, dont la caractéristique générale est d'engendrer un affaiblissement proportionné à l'excitation et un châtiment aussi cruel que la jouissance a été vive. Il serait oiseux de parler des excitants vulgaires, tels que l'absinthe, le thé, le café, le vin de quinquina ou même la coca, ou érythroxylon, cette singulière plante dont les feuilles mâchées augmentent l'énergie en diminuant le sommeil et en supprimant l'appétit, ou bien de la ciguë islandaise, dont l'absorption fait voir, dit-on, aux yeux du cerveau empoisonné les monstruosités du monde antédiluvien.

Dans tout cela il y a beaucoup de choses qui regardent les médecins. Or, je veux faire un livre non pas de pure physiologie, mais surtout de morale. Je veux prouver que les chercheurs de paradis font leur enfer, le préparent, le creusent avec un succès dont la prévision les épouvanterait peut-être.

La première partie de ce livre est entièrement de moi : c'est le *Poème du haschisch*. Elle est divisée en plusieurs chapitres, dont je vous annoncerai successivement les titres. La deuxième et la troisième partie sont l'analyse d'un livre anglais excessivement curieux (*le Mangeur d'opium*, de Quincey), mais j'y ai joint, par-ci par-là, mes réflexions personnelles; mais jusqu'à quelle dose ai-je introduit ma personnalité dans l'auteur original, c'est ce que je serais actuellement bien empêché de dire. J'ai fait un tel amalgame que je ne saurais y reconnaître la part qui vient de moi, laquelle, d'ailleurs, ne peut être que fort petite.

TABLE DES MATIÈRES

COLLECTION GARNIER-FLAMMARION BROCHÉE

GF — TEXTE INTÉGRAL — GF

4081-1971. — IMPRIMERIE-RELIURE MAME
N° d'édition 8329. — 1ᵉʳ trimestre 1966. — PRINTED IN FRANCE.